Einau

Stc

358

Collana diretta da Orietta Fatucci

La Bella e la Brutta, L'ortolano che la fece al Diavolo
tratte da: *Fiabe lombarde*
© 1995 Edizioni EL, San Dorligo della Valle (Trieste)

La capra ferrata, L'orco
tratte da: *Fiabe toscane*
© 1998 Edizioni EL, San Dorligo della Valle (Trieste)

Petin Petè, La tinchina d'alto mare
tratte da: *Fiabe venete*
© 1999 Edizioni EL, San Dorligo della Valle (Trieste)

Il vaso di mentuccia, I tre soldati
tratte da: *Fiabe del Lazio*
© 2002 Edizioni EL, San Dorligo della Valle (Trieste)

Il mago del mondo di sotto, I doni della fortuna,
Sette paia di scarpe di ferro, La regina delle tre montagne
tratte da: *Fiabe piemontesi*
© 2005 Edizioni EL, San Dorligo della Valle (Trieste)

Il re e la figlia furba del sarto, Il nano, La fiaba del Morettino
tratte da: *Fiabe dell'Emilia Romagna*
© 2006 Edizioni EL, San Dorligo della Valle (Trieste)

L'aiutante fedele, L'uccello verde, La Gatta Cenerentola, Le due pizzelle
tratte da: *Fiabe campane*
© 2007 Edizioni EL, San Dorligo della Valle (Trieste)

© 2007 Edizioni EL, San Dorligo della Valle (Trieste), per l'antologia
© 2008 Edizioni EL, per la presente edizione
ISBN 978-88-7926-711-3

www.edizioniel.com

Mille fiabe d'Italia

a cura di
Lella Gandini

riscritte da
Roberto Piumini

Illustrazioni di Anna Curti

Einaudi Ragazzi

Mille fiabe d'Italia

L'uccello verde

La bella figlia di un re, una mattina, era pettinata dalla cameriera, quando un uccello verde entrò dalla finestra, prese nel becco il nastro bianco dei capelli e il pettine, e volò via.

La principessa aspettò che l'uccello tornasse, ma l'uccello non tornò, e lei divenne triste. Stava sempre alla finestra, ma non diceva a nessuno che aspettava l'uccello verde.

Il re, vedendola triste, convocò i ministri e chiese consiglio.

Uno di loro disse:

– Fa' costruire una fontana di vino nella piazza davanti al palazzo: la gente sarà allegra, e la principessa si rallegrerà.

Il re fece costruire la fontana, la gente passava e beveva, beveva e cantava, cantava e rideva, rideva e ballava, e poi cascava a terra: ma la ragazza, guardando, diventava ancora più triste.

Un altro consigliere disse:

– Fa' costruire una fontana d'olio.

Il re lo fece, tutti vennero a prendere l'olio, una vecchina scivolò sulla pietra oliata, e cadde in modo cosí buffo che la principessa, alla finestra, scoppiò a ridere.

– Che tu non possa trovar pace per un uccello verde! – gridò la vecchia.

Sentendo quelle parole, la principessa la fece chiamare, e le disse:

– Ti voglio fare un dono, perché mi hai fatto ridere.

Le diede una borsa di scudi, e poi chiese: – Come ti chiami, buona vecchia, e cosa sai di un uccello verde?

Quella rispose: – Mi chiamo Caterina, e se vieni con me ti farò vedere l'uccello verde: ma devi togliere gli abiti da principessa, e mettere i miei.

La ragazza fece come la vecchietta diceva, le diede una camicia e uno scialle per coprirsi, poi di nascosto uscirono dal palazzo.

Cammina cammina, arrivarono in un grande giardino pieno di verdure. La vecchia trovò un grosso cespo d'insalata, lo prese con le mani e lo strappò: apparve un buco, e una scala di marmo che scendeva. Piano piano, gradino dopo gradino, arrivarono a una porta, la vecchia l'aprí, e si trovarono in una casa. C'era una tavola piena di cose buone,

8

e una camera con un letto e due vasche, una piena di latte, l'altra di acqua profumata.

La ragazza rimase a bocca aperta per la meraviglia, quando Caterina, che era una fata, disse all'improvviso:

– Nasconditi sotto il letto!

La figlia del re obbedí, e rimase ferma sotto il letto: quasi non respirava. Allora si aprí la finestra, e l'uccello verde volò dentro, si tuffò prima nella vasca di latte, poi nell'acqua profumata: ed eccolo trasformato in un bel giovane.

Prese da un cassetto il pettine e il nastro, e si mise a piangere, dicendo:

– Nastro e pettine, piango perché,
la principessa che voglio non c'è!

Poco dopo si trasformò di nuovo in uccello, e volò via.

La ragazza rimase nascosta, e il giorno dopo la scena si ripeté.

Il terzo giorno, quando lo rivide piangere, la principessa uscí da sotto il letto, e lo abbracciò, dicendo:

– Non solo pettine e nastro ci sono,
ma anche io, bel giovane buono!

Lui disse:
– Sono contento, e scontento.

– Perché?

– Perché sono prigioniero delle fate. Ora verranno e mi porteranno in una prigione piú fonda. Ma se tu mi vuoi bene, aspetta qui sette anni, sette mesi e sette giorni, fino a quando la mia disgrazia finirà.

Si sentí un suono di soffi e campanelli, e la ragazza corse sotto il letto. Vennero le fate, annusarono l'aria, e portarono via il giovane.

La ragazza piangeva, ma Caterina disse:

– Non piangere, o ti lascio sola!

Lei allora non pianse piú, ma era triste: non si pettinava, non si lavava, e quando era sola piangeva. Diventava sempre piú brutta.

Dopo sette anni, sette mesi e sette giorni tornò il principe, ma quando la vide cosí rovinata disse:

– Guarda come sei ridotta per un uomo, sembri una scimmia! – e se n'andò.

La ragazza pianse come una fontana. Arrivarono tre fate, e dissero:

– Cos'è questa pioggia di lacrime?

– Male d'amore, durissimo dolore! – rispose lei, e raccontò la sua storia.

Le fate, alla fine, dissero:

– Poveretta! Che tu diventi piú bella di prima, piú giovane di prima, e prenditi questo anello.

– L'anello è bello, ma che me ne faccio, se non ho il mio amore? – chiese lei.

– Tutto quello che vorrai, giralo tre volte e l'otterrai! – risposero le fate, e se ne andarono.

La ragazza girò l'anello, e sentí una voce:
– Cosa comandi?
– Un palazzo con torri d'argento, proprio di fronte al palazzo del principe. E vestiti da regina, insieme a Caterina.

Subito si trovarono in un palazzo, proprio di fronte a quello del principe. Al mattino il principe si svegliò, si affacciò, e lo vide.

– Di chi è il palazzo di fronte? – chiese alla madre.

E la madre rispose:
– Di fronte non c'è nessun palazzo, figlio mio, hai certo sognato!
– Affacciati, madre.

La regina si affacciò, e restò a bocca spalancata. Ed ecco, nel palazzo di fronte, uscí sul terrazzo la principessa, che sembrava la regina dei fiori, e il giovane e la madre si chiedevano:

– Chi sarà quella bellezza? Da dove viene? Come si chiama?

Ma nessuno conosceva quella giovane.

– Le manderò un regalo di benvenuto, – disse il principe, e spedí due paggi col suo mantello, appoggiato su un vassoio d'oro.

– Caterina, abbiamo stracci per la cucina? – chiese la principessa quando lo vide.

– No, non ne abbiamo!

– Prendi questo, che può
servire! – disse la ra-
gazza, e le gettò il man-
tello.

I paggi raccontarono al
principe la cosa, e il principe
pianse per quello sgarbo, ma il
giorno dopo mandò la sua
spada preziosa.

– Caterina, abbiamo uno spiedo in cucina? – disse la ragazza.

– No, non lo abbiamo!

– Prendi questa, che può servire! – e la ragazza le gettò la spada.

Il principe, disperato, il giorno dopo
mandò la sua corona d'oro e diamanti.

– Caterina, abbiamo da mangiare per le
galline?

– No, non ne abbiamo!

– Stacca i semi colorati da questo cestino! –
disse la ragazza, e gettò la corona a Caterina.

Il principe, con la morte in cuore, non
usciva piú, non si lavava, non si curava. La
regina madre mandò un messaggio alla principessa del palazzo di fronte, con scritto:
«Mio figlio muore d'amore per te. Se hai una
briciola di cuore, vieni a trovarlo prima che
muoia».

«Verrò quando il principe sarà in una bara aperta, le campane suoneranno a morto,

e la città sarà tutta in lutto» rispose la principessa.

– Fa' come lei vuole! – disse il principe alla madre, e cosí fu detto in giro che il principe era morto, suonarono le campane a morto, la città si mise in lutto, e quando passò la bara aperta sotto il suo palazzo, la principessa si affacciò e disse:

– Guarda come ti sei ridotto per una donna, sembri un fantasma!

Allora il principe la riconobbe, fermò il corteo, si tolse l'abito nero, salí a chiedere scusa alla principessa e le chiese di sposarlo. Lei lo perdonò, e mandò a dire al padre, che la credeva morta, che invece era viva, e che venisse a dare il suo permesso.

Il re di Terrarossa arrivò presto, si fecero le nozze, e dopo tanti dispiaceri venne la felicità.

La Gatta Cenerentola

L a moglie di un principe morí, e dopo il lutto, Zezolla, la figlia, disse al padre:
– Padre mio, è passato il tempo del dolore. Sposa Carmosina, la mia maestra di ricamo: è donna di cuore e di valore.

Il principe si convinse, e sposò Carmosina. Durante la festa, mentre Zezolla era affacciata alla finestra, una colomba si posò e disse:
– Quando avrai bisogno di qualcosa, chiedila alla colomba delle fate di Sardegna!

Ma Carmosina, appena sposata, cominciò a trattare male Zezolla, e fece venire le figlie avute da un altro marito. Zezolla perse la sua camera e i suoi vestiti, e fu messa ad abitare in cucina, coperta di stracci, tra carbone e cenere: il suo nome diventò Cenerentola, o anche Gatta Cene-rentola.

Un giorno, il padre dovette partire per la Sardegna, e chiese alle figliastre e alla figlia:

– Cosa volete che vi porti?

Le figliastre chiesero vestiti, ori, gioielli, profumi. Zezolla invece disse:

– Padre, va' alla grotta della colomba delle fate, e chiedi che mi mandi qualcosa: se te ne scordi, non possa tu andare piú né avanti né indietro.

Il principe andò, comprò i regali per le figliastre, e salí sulla nave per tornare: ma la nave non voleva uscire dal porto, anche con tutte le vele spiegate.

– Non so che cosa succede, – diceva il capitano. – Non mi è mai capitata una cosa cosí!

Disperato, se n'andò a dormire, e in sogno una fata gli disse:

– La nave non si muove, perché il signore ha scordato il regalo di Zezolla.

Il capitano svegliò il principe e raccontò il sogno. Il padre allora scese dalla nave e andò di corsa alla grotta delle fate, implorando che gli dessero un dono per la sua figliola.

Le fate gli diedero un dattero, un secchiello d'oro, una sciarpa di seta e una zappetta, e dissero:

– Di' a Zezolla che pianti il dattero, e lo coltivi con queste cose.

La nave uscí dal porto, e il principe arrivò al palazzo, dove diede i regali alle figliastre e poi alla figlia, ripetendo le istruzioni delle fate.

La ragazza, contenta, andò a piantare il dattero in un vaso. Ogni giorno l'innaffiava col secchiello d'oro, zappettava la terra attorno, e lo asciugava con la sciarpa di seta: dopo due settimane, la pianta era piú alta di lei. Una sera, mentre innaffiava, una fata uscí dal tronco e disse:

– Zezolla, di' un desiderio.

– Vorrei uscir di casa di nascosto dalla matrigna.

– Quando vorrai, vieni qui e di':

Dattero mio adorato,
con zappetta ti ho zappato,
con secchiello t'ho annaffiato,
con la seta t'ho asciugato:
spoglia te e vesti me!

E quando vorrai tornare, devi dire:

Spoglia me e vesti te!

Dopo tre settimane ci fu una gran festa in un palazzo. Le sei sorellastre erano uscite tutte ben

18

vestite, ornate di gioielli e nastrini e colori. Cenerentola andò vicino alla pianta di dattero, disse le parole magiche, e si trovò vestita come una principessa, su una carrozza tirata da sei cavalli, e accompagnata da dodici paggi, che la portarono al palazzo.

Quando la videro entrare, tutti spalancarono la bocca per l'ammirazione, e le sorellastre, che non la riconoscevano, diventarono verdi d'invidia.

Il re, venuto alla festa, la vide e restò incantato.

– Seguila fino a casa, – ordinò a un servo.

Alla fine della festa il servo la seguí, ma lei se ne accorse, e lanciò una manciata di monete: lui si chinò a raccoglierle, e lei scappò, arrivò a casa, pronunciò le parole magiche, e tornò come prima.

– Che belle cose abbiamo visto a palazzo! – dissero le sorellastre quando tornarono, per farle dispetto.

Intanto il servo aveva raccontato al re quel che era successo.

– Se la prossima volta te la lascerai scappare, ti taglierò le mani! – minacciò il re.

Due settimane dopo, in un palazzo ancora piú grande, ci fu un'altra festa.

Le sorellastre, tutte fronzoli e gioielli, veli e fiori, lasciarono Cenerentola davanti al focolare.

Lei andò dal dattero, disse le parole, ed ecco sei damigelle con specchio, acqua profumata, ferro per i ricci, pettine, rossetto, vestiti, pendenti, collane: la fecero bella come il sole.

Poi, la solita carrozza con paggi e cavalli la portò alla festa.

Tutti l'ammiravano, le sorellastre la invidiavano, e il re disse al servo di seguirla, per vedere dove abitava.

Il servo la seguí, ma Cenerentola lasciò cadere delle collane, lui si fermò a raccoglierle, e lei fuggí.

– Se la prossima volta non scoprirai la sua casa, ti farò tagliare la testa! – gridò il re quando il servo tornò.

Due settimane dopo ci fu una festa grandissima, e le sorellastre ci andarono addobbate, incipriate e impiumate, per vincere in bellezza la sconosciuta. Cenerentola disse al dattero le parole, e si trovò vestita come una regina, in una carrozza d'oro con paggi e staffieri, e otto cavalli: e con quelli arrivò alla festa. Figuratevi l'ammirazione e l'invidia.

Il re, sempre piú innamorato, mandò il servo a cavallo, e questa volta, per non perdere la testa, il servo non si fermò a raccogliere i gioielli che Cenerentola lasciava cadere.

– Corri! Corri! – gridava lei al cocchiere, e il cocchiere frustava, la carrozza sbandava, Cenerentola traballava: ed ecco che una sua scarpetta le cadde dal piede sulla strada.

«Questa è piú preziosa di ogni gioiello!» pensò il servo, la prese e la portò al re.

Quando l'ebbe in mano, il re strinse la pianella al suo cuore e ordinò di annunciare in tutto il regno una gran festa per le donne giovani. La festa si preparò, con stufati e casa-tielli, polpettine, maccheroni e pastiere, e tutte le giovani vennero. Alla fine del pranzo un paggio fece loro provare la pianella, ma non andava bene a nessuna.

Il re era disperato.

– Domani faremo un'altra festa, e devono venire tutte, ma proprio tutte le donne giovani, – annunciò il re.

Il padre, quella volta, pensò che se il re cosí voleva, cosí si doveva fare, e mandò alla festa anche Cenerentola.

Dopo il pranzo, che fu piú ricco del giorno prima, un paggio riprovò la pianella. Imperia la provò, ma non le entrò. Calamita la provò, ma non s'infilò. Fiorella la provò, ma non passò. Diamante la provò, ma non calzò. Colombina la provò, ma rinunciò. Pascarella la provò, ma la pianella disse no.

Ma appena il paggio si avvicinò a Cenerentola, la pianella gli scivolò via dalle mani, e s'infilò come un guanto al piede della ragazza.

Il re gridò di gioia, diede il braccio a Cenerentola e la presentò come regina, e tutti applaudirono, anche le sorellastre: ma, applaudendo, avevano male alle mani come se battessero pezzi di vetro rotto.

Le due pizzelle

Due sorelle vivevano in quartieri diversi della città. Un giorno, una delle due sorelle disse alla figlia:

– Marziella, va' alla fontana a prendere una brocca d'acqua.

– Ci vado, mamma, ma dammi una pizzella da mangiare.

La madre, che quel giorno aveva cotto il pane, le diede una pizzella bella calda.

Marziella andò alla fontana, e mentre riempiva la brocca, ecco una vecchina tutta curva.

– Il cielo ti mandi fortuna, bella ragazza! – disse. – Dammi un pezzo della tua pizza.

Marziella gliela diede tutta, e disse:

– Mangia, buona donna: mi spiace solo che non sia di zucchero e mandorle!

La vecchina mangiò di gusto, poi disse:

– Torna a casa, figlia di cuore, e le stelle ti facciano contenta e felice, quando respiri ti escano gelsomini, quando ti pettini cadano perle, quando cammini spuntino viole.

La ragazza, a sentire quelle benedizioni, rise contenta, e tornò a casa con la brocca sulla testa.

La mattina dopo, quando si pettinò, ecco una pioggia di perle. Marziella chiamò la madre, e misero le perle in una scatola, poi la madre andò a venderle a un mercante.

Al ritorno incontrò la sorella, che vedendola lieta le chiese il perché, e la madre di Marziella raccontò quello che era capitato.

Alla fine del racconto, la sorella corse a casa, e disse alla figlia:

– Puccia, va' a prendere subito l'acqua alla fontana!

– Va bene, ci vado! – disse quella. – Le fatiche toccano sempre a me!

La madre le diede una pizzella.

Quando Puccia fu alla fontana, ecco la vecchina.

– Bella figliola, dammi un pezzo della tua pizza!

E Puccia:

– La pizza è per le belle e giovani, brutta vecchia! Vattene per la tua strada! – e ingoiò la pizzella in due morsi.

La vecchina, a bassa voce, disse:

– Giovane senza cuore, torna a casa, e quando fiati ti venga schiuma, quando ti pettini cadano pidocchi, e sul tuo passo cresca l'erba amara!

Quando Puccia tornò, trovò la madre col pettine in mano.

– Vieni che ti pettino, figlia!

Appena si mise a pettinare, cadde una pioggia di pidocchi.

La madre, piena di rabbia e d'invidia, decise di vendicarsi della nipote fortunata.

Bisogna sapere che Marziella aveva un fratello, di nome Ciommo, che andava a caccia col re di Terralontana, e durante una caccia, parlando della bellezza delle donne, Ciommo un giorno disse:

– Mia sorella è la piú bella che esiste, sia nel corpo che nell'anima!

– Porta a palazzo tua sorella, – disse allora il re. – Se quello che dici è vero, la prenderò in moglie.

Ciommo, in fretta in fretta, mandò a chiamare madre e sorella, ma la madre era malata.

– Sorella mia, io non posso andare: accompagna tu la mia figliola, – chiese la donna alla madre di Puccia, e quella, che era ancora piena d'invidia, accettò: – Ci porterò anche Puccia, per farle fare un viaggio.

Cosí s'imbarcarono in tre su una nave: Marziella, la zia e la cugina. Ma quando furono in

26

mezzo al mare, la zia prese Marziella addormentata e la gettò in acqua. Marziella cominciò ad affondare, ma arrivò una sirena, che la prese fra le braccia e la riportò in superficie.

Dopo la navigazione, la zia e Puccia arrivarono al porto di Terralontana, e andarono al palazzo del re. Ciommo, che da tanti anni non vedeva la sorella, abbracciò Puccia e le disse:

– Ben arrivata, Marziella!

Puccia fu preparata per incontrare il re: ma appena la pettinarono caddero mucchi di pidocchi, dalla bocca le scese la schiuma, e sotto i piedi spuntarono erbacce.

Le damigelle corsero a dare la notizia al re, che scacciò Puccia e la madre, e per punizione ordinò a Ciommo di fare il pastore delle oche di palazzo.

Ciommo, disperato, ogni mattina portava le oche in un prato in riva al mare, e sedeva lí vicino a piangere sulla sua sorte.

Mentre lui piangeva, Marziella usciva dall'acqua, e dava alle oche dolcetti e acqua di rose, di cui erano golose. Le oche ingrassavano, e alla sera, quando Ciommo le portava al recinto, sotto la finestra del re, cantavano:

> – *Piro piro piro,*
> *bello è il sole con la luna,*
> *ma ancora piú bella è la fortuna.*

Il re chiamò Ciommo, e gli chiese:

– Cosa fai mangiare alle oche?

– Erba di campagna, mio re, – rispose Ciommo.

Il re non ci credeva, e il giorno dopo, con un servo, seguí di nascosto il branco d'oche in riva al mare, finché Ciommo entrò in una capanna a piangere la sua disgrazia.

Ed ecco Marziella uscire dalle onde e nutrire le oche, e pettinarsi, mentre le cadevano perle dai capelli, il viso

29

sorrideva e attorno ai suoi piedi spuntavano viole.

– Va' a chiamare Ciommo! – ordinò il re al servo, e quello andò, chiamò, Ciommo uscí, vide la sorella e si abbracciarono. Poi Marziella raccontò di come la zia l'aveva buttata in mare, e come era stata salvata dalle sirene.

– Ciommo, tu avevi ragione quando lodavi tua sorella! – disse il re, e chiese a Marziella di diventare sua sposa.

– Mi piacerebbe, – lei rispose. – Ma vedi questa catena d'oro che mi lega al mare?

– Come si può rompere? – chiese il re.

– Solo con una lima leggera, mossa dalle tue mani.

Il re corse dal fabbro del palazzo, e si fece dare la lima piú leggera, poi tornò alla spiaggia, e con le sue mani e la lima limò e limò, finché la catena si spezzò.

Marziella salí a cavallo, e arrivarono al palazzo.

Ci furono le feste delle nozze, e quando la zia e Puccia vennero a saperlo, persero capelli, ciglia e sopracciglia per il dispiacere.

L'aiutante fedele

Nel regno di Terraverde, alla regina nacque una bella bambina. Si fece una gran festa e si invitarono le fate, che vennero a portare auguri e doni. Ma vennero in segreto, e solo la madre le poteva ascoltare, nascosta dietro le tende del letto.

Le fate dicevano alla bambina:
– Che tu sia la bella fra le belle!
– Che tu abbia tutte le felicità!
– Che tu sia la piú ricca delle regine!

Purtroppo un servo aveva mangiato le nocciole, e lasciato i gusci sul pavimento: cosí una fata, che come tutte le fate era scalza, si ferí il piede, s'arrabbiò, e quando fu davanti alla piccola disse:

– Che tu diventi serpe la prima notte di matrimonio, e resti serpe per tre anni, tre mesi e tre minuti: e se dopo quel tempo non troverai un'aiutante fedele che abbia

due sorelle meschine, una mamma che non sia mamma, e che somigli in tutto a te, resterai per sempre una serpe!

Per fortuna, dopo la fata arrabbiata, ce n'era un'altra, che sentí quelle maledizioni e disse alla piccolina:

– Che tu possa trovare quello che cercherai, e possa uscire da tutti i tuoi guai!

Immaginate la regina come rimase, sentendo quelle profezie.

Cercò tuttavia di non pensarci, e allevò con cura e amore la bambina, che crebbe bella e dolce come le prime fate avevano annunciato.

Quando si sentí vicina alla morte, la regina chiamò la figlia, le raccontò la faccenda delle fate, e disse:

– Figlia bella e buona, non dimenticare gli avvertimenti!

La figlia, che aveva dodici anni, cominciò a pensare come avrebbe potuto salvarsi dalle maledizioni.

Ed ecco che il re di Terrarossa mandò ambasciatori al re di Terraverde, per chiedere in moglie la bella principessa.

Il re padre era contento della richiesta, e la ragazza gli disse:

– Padre, mi sposerò come vuoi, ma ti chiedo di aspettare due anni prima di celebrare le nozze.

Il padre accettò.

Subito la principessa chiamò un servo fedele, e ordinò:

– Gira per tutto il regno, e cerca una ragazza che mi somigli in tutto e abbia la mamma che non sia mamma, e abbia due sorelle meschine.

Il servo girò e girò, e dopo molte ricerche, a Villanova, trovò quello che cercava, e la ragazzina in tutto somigliante alla principessa si chiamava Petruccia, e stava con una donna che non era sua madre, ed era gentile, pronta e intelligente.

Il servo la portò a palazzo, e la principessa le disse: – Starai con me, ben nascosta in una camera del palazzo.

Petruccia rimase nascosta, e obbediva a tutto quello che la principessa chiedeva. Si scambiarono gli abiti, e Petruccia sembrava proprio una principessa, e le due ragazze vissero insieme di nascosto, belle e uguali come due pagliuzze d'oro.

Passarono i due anni, e il re di Terrarossa mandò a dire che era il tempo di mantenere la promessa.

Allora la principessa spiegò a Petruccia perché l'aveva cercata, e le raccontò la maledizione della fata ferita.

– Ti nasconderai nella camera, e quando mi trasformerò in serpe, prenderai il mio posto accanto al mio sposo. Quando saranno passati tre anni, tre mesi e tre minuti, verrai in giardino e mi aiuterai a uscire dalla pelle di serpente. E mi raccomando, mentre sarò serpe, vieni a trovarmi nel giardino!

Petruccia si spaventò, ma capí che quello era il solo modo di aiutare la principessa, e promise che avrebbe fatto tutto come richiesto.

Venne il giorno delle nozze, che furono magnifiche, e poi l'ora della notte.

La sposa disse allo sposo:

– Spegni la candela, caro sposo.

Lui la spense. Lei si tolse i vestiti, li mise in una cassa, e s'infilò nel letto: e all'istante si trasformò in serpente. Scivolò sotto il letto, mentre Petruccia si accomodava accanto al re.

– Ho sentito un fruscio, sposa, – disse il re, accendendo la candela.

– È stato il vento, venuto a salutarci, – disse Petruccia, e poi aggiunse: – Sposo mio, devi sapere che questa notte ho fatto un sogno: mia madre mi è apparsa, e ha detto che devo stare lontana da questo letto per tre anni, tre mesi e tre minuti, pena la morte del nostro primo figlio.

Il re di Terrarossa ascoltò in silenzio, serio serio, ma siccome voleva bene alla sposa, accettò di aspettare, e i due vissero senza dormire insieme, trattandosi con affetto e gentilezza.

Petruccia, quando il re era fuori, andava spesso in giardino e portava alla serpe da mangiare e da bere, la prendeva fra le mani e le cantava canzoni. Ed ecco che, dopo tre anni, due mesi e ventinove giorni, il re di Napoli stava per venire in visita, e il palazzo fu ripulito dal tetto alle cantine. Un giardiniere vide la serpe e cercò di ucciderla, ma la ferí soltanto.

Quando Petruccia lo seppe, chiese piangendo al re di chiamare un medico e curare la serpe, perché era una fata sua protettrice.

Il re fece chiamare il medico, che curò la serpe, e l'appoggiò in una conca di pietra nel giardino.

Il giorno dopo, all'ora dovuta, Petruccia andò e piano piano aiutò la principessa a uscire dalla pelle di serpe, la lavò e la vestí con gli abiti piú belli, poi si presentarono al re.

Quando la principessa spiegò quello che era successo, e la fedeltà di Petruccia, il re disse:

– Petruccia, poiché hai dato prova di poter essere regina, se vuoi, sposerai mio fratello, il re di Terradombra.

Petruccia accettò, si fecero subito le nozze, e le due coppie vissero in pace e in amore.

Il re e la figlia furba del sarto

Un re stava affacciato alla finestra del palazzo, a guardare la gente che passava. Ogni tanto, quando ne aveva voglia, faceva a qualcuno una domanda.

– Che lavoro fai? – chiese a uno.

– Il sarto, maestà, – rispose quello, inchinandosi.

– Sapresti farmi una giacca di sassi?

Il sarto, avendo paura a dire di no, disse:

– Certo che la posso fare, maestà.

– Se non sarà fatta in tre giorni, ti farò tagliare la testa! – disse il re.

Il sarto tornò a casa, piangendo spaventato.

– Come farò a fare una giacca di sassi? – si chiedeva. La sua figliola piú piccola gli disse:

– Non piangere, padre. Torna dal re e chiedigli un paio di forbici da sassi e un ago di pietra, per fare la giacca.

Il sarto tornò dal re e ripeté le richieste.

– Chi ti ha consigliato di chiedermi queste cose? – chiese.

– Nessuno, maestà.

– Dimmelo, sarto, o ti taglio la testa.

– Me lo ha consigliato la mia figlia minore.

Il re gli diede una matassina di filo, e disse:

– Di' a tua figlia di tessere con questo una tela che copra tutto il palazzo, o taglierò la testa a te, e anche a lei.

Il sarto tornò a casa piangendo, e raccontò alla figlia la nuova richiesta del re.

La ragazza prese la matassina e la scosse, e ne cadde fuori un pezzetto di legno.

– Padre, va' dal re, e digli di farmi un telaio con questo pezzo di legno, e io tesserò la tela per coprire il palazzo.

Quando il re ascoltò la domanda, disse:

– Chi ti ha suggerito di chiedermi questo?

– Nessuno.

– Dimmelo, o ti taglio le mani.

– Me l'ha suggerito mia figlia.

– Di' a tua figlia che venga a palazzo: ma deve venire né di giorno né di notte, né nuda né vestita, né a piedi né a cavallo, né sazia né digiuna. Se non viene in questo modo, taglierò la testa a lei, a te, e al resto della famiglia.

Il sarto tornò a casa piangendo, e raccontò quello che il re aveva chiesto.

– Non ti preoccupare, padre, – disse la ragazza.

Tre giorni dopo, si presentò a palazzo all'alba, avvolta in una rete da pesca, tenendo in bocca una noce, in groppa ad un montone.

– È giorno, maestà? – chiese quando fu davanti al re.

– No.

– È notte, maestà?

– No.

– Sono a piedi?

– No.

– Sono a cavallo?

– No.

– Sono digiuna?

– No.

– Ho mangiato?

– No.

– Sono nuda?

– No.

– Sono vestita?

– No, – disse il re, e siccome se ne era innamorato, la sposò.

Dopo qualche tempo, ci fu la stagione del raccolto.

Due contadini vennero a portare il granturco al re: uno aveva due buoi che tiravano il carro, l'altro un bue e un'asina che stava per partorire. Scaricato il granturco, si fermarono a mangiare nel cortile del palazzo, sotto il sole di mezzogiorno.

Ed ecco che l'asina fece un asinello, che si mise all'ombra del carro tirato dai buoi.

Il contadino del carro chiamò il re:

– Guarda, maestà! Il mio carro ha fatto un asino!

– Cosa dici? – protestò l'altro contadino. – L'asinello l'ha fatto la mia asina!

Il re disse:

– Quello che vedo, è che l'asinello è sotto il carro: quindi deve essere il carro che lo ha partorito!

Il contadino dell'asina non protestò, perché aveva paura, ma la regina, che aveva sentito tutto, lo prese in disparte e gli disse:

– Va' al canneto in riva al fiume, e batti forte le canne con un bastone. Quando il re verrà a chiedere che stai facendo, digli che batti le canne per far cadere i pesci. Lui dirà: «Ma le canne non danno pesci!» e tu risponderai: «E allora come fa un carro a fare un asinello?».

Il contadino fece come lei aveva detto, il re venne, chiese, e sentí la risposta.

– Chi ti ha consigliato questa risposta?

– La tua sposa, maestà, – disse il contadino.

Il re, furioso, tornò a palazzo.

– Prendi quello che vuoi e vattene! – disse alla regina.

La regina comprò il palazzo di fronte, e di notte, mentre il re dormiva, fece prendere il letto e lo portò nel palazzo nuovo.

Quando al mattino il re si svegliò, si trovò accanto alla regina.

– Che fai ancora qui?

– Sono a casa mia, – lei rispose. – E dalla tua ho preso quello che mi piaceva di piú.

Allora il re si affacciò, e vide che non era nel suo palazzo, ma in quello di fronte.

Contento di avere una moglie cosí saggia e affezionata scoppiò a ridere, e l'abbracciò, e da quel giorno vissero in pace.

Il nano

C'era una volta una meraviglia di nano, alto tre piedi e ben proporzionato. A vent'anni era robusto come un diavolo, ma nessuno lo voleva vicino, perché era un nano. Cosí decise di partire per il mondo in cerca di fortuna.

Il giorno in cui partí portò con sé un pezzettino di pane e uno di formaggio, che gli sarebbero bastati a lungo, perché mangiava come una formica.

Cammina cammina, quando fu buio vide che in cima a un monte c'era una luce. Arrivò lassú e bussò.

– Chi bussa?

– Un nano in cerca di lavoro.

– Qui lavoro non ce n'è, perché sono la madre del vento, e il lavoro lo faccio da me!

– Io ti obbedirò, e ti accontenterò in ogni cosa!

Alla fine la donna aprí la porta, e disse:

– Se farai bene quello che chiedo, ti terrò.

Il nano imparò presto e bene, e la madre del vento era contenta di lui. Lei si alzava presto e partiva, e tornava solo a sera. Il nano aveva preparato la cena e pulito la casa, tutto per bene.

Lui aveva notato che la donna, prima di partire, infilava un certo paio di pantofole, e prendeva una certa bacchetta. Quando era a casa, li teneva vicino al letto.

Una notte, zitto zitto, il nano si alzò, prese pantofole e bacchetta, e fuggí. Con le pantofole ai piedi, volava come il vento, e presto arrivò a una città. Tolse le pantofole, toccò la terra con la bacchetta, e subito si fermò.

La città, chissà perché, era tutta addobbata di rosso. Quando chiese, gli dissero che stava per sposarsi il figlio del re, e a palazzo c'era la tavola apparecchiata per tutti. Lui ci andò, e arrivò proprio quando si stavano per mettere a tavola: ma appena lo videro scoppiarono tutti a ridere, e non smettevano di farsi beffe di lui.

– Vuoi restare a palazzo, omino divertente? – chiese il re.

Il nano accettò e restò a palazzo, e fece vita da signore: andava in carrozza dove e quando voleva, insieme al re e alla regina.

Ma ecco che quelli della corte cominciarono a provare invidia, e pensarono un modo per liberarsi di lui. A forza di spiarlo, uno si accorse delle pantofole e della bacchetta, e andò a dirlo al re.

– Portami quelle cose fatate, e sarai premiato, – disse il re alla spia, e la spia andò a rubare le pantofole e la bacchetta.

Al mattino il nano si svegliò, e non trovò le sue cose, allora fece fagotto e partí. Cammina cammina, quando fu stanco cadde a dormire sotto un albero, e quando si svegliò vide accanto un fico carico di frutti bianchi e maturi, che parlavano e dicevano: – Mangiami, mangiami!

A fatica, il nano si allungò e colse un fico: l'aveva appena messo in bocca, che il naso gli si allungò come quello dell'elefante.

Spaventato, si mise a correre, finché sentí una voce che diceva: – Mangiami, mangiami!

Guardò: era un albero di fichi neri. «E se mi facessero guarire dal naso lungo?» pensò il nano, e ne prese uno: subito il naso tornò normale.

– Ecco come punire i traditori! – esclamò.

Riempí un cesto di fichi neri, tornò a riempirne un altro di fichi bianchi, poi si avviò verso il palazzo del re, come se niente fosse avvenuto. Quando furono a pranzo, il nano portò il cesto di fichi bianchi: tutti sentirono la saliva in bocca. Li presero e li addentarono: subito a tutti il naso si allungò, soprattutto al re e alla regina, che ne avevano mangiati piú degli altri.

Spaventati, si misero a correre di qua e di là, e si davano zuccate, e inciampavano nei nasi, e si scambiavano violente nasate.

Il nano rise, rise, poi disse: – Se volete guarire, io lo posso fare: ma ho bisogno delle mie pantofole e della bacchetta per andare a prendere la medicina.

Glieli portarono subito.

– Fico nero vi guarirà, ma per tutti non basterà! – disse lui, e se ne andò con le sue pantofole, veloce come il vento.

Subito tutti si gettarono sui fichi neri, e si davano le botte per arrivarci, e quasi tutti ci arrivarono, tranne il re e la regina, che non ne trovarono piú, e si tennero il naso lungo per tutta la vita.

La fiaba del Morettino

Una giovane regina si lamentava perché non le nascevano figli. Un giorno le consigliarono: – Chiama la fata della montagna: lei ti potrà insegnare come si fa.

La regina mandò una donzella a cercare la fata. La donzella la trovò, e le disse quello che doveva dire.

– Verrò a palazzo domattina, – disse la fata, e la donzella tornò di corsa a dare la notizia.

La regina saltava dalla gioia.

– Preparate per domattina cioccolata e biscotti, limonata e rosolio, e mettete bicchieri di cristallo e piatti d'argento! – ordinò.

Il giorno dopo la fata arrivò, mangiò e bevve, poi disse alla regina:

– Domani ti porterò quello che serve.

Il giorno dopo, a palazzo, era pronta per la fata una colazione ancora piú buona della prima.

La fata arrivò, mangiò e bevve, e diede una mela ruggine alla regina.

– Prendila, cuocila e mangiala: fra nove mesi avrai un bambino, – disse.

La regina, stracontenta, le diede una borsa di denaro, e anche un borsetto di gioielli, e la ringraziò fino alla porta del palazzo, poi disse alla donzella:

– Cuocimi questa mela!

La donzella andò in cucina, mise a cuocere la mela, la sbucciò, e senza pensarci mangiò la buccia. Poi portò la mela cotta alla regina.

Passarono i giorni, e sia la regina che la donzella cominciarono a ingrassare e avere malori.

Dopo nove mesi, la regina partorí un bel bambino, e la donzella anche: ma il suo aveva il colore della buccia morella della mela.

Passarono gli anni, e i due bambini crescevano insieme, mangiavano insieme, giocavano insieme: non potevano stare uno senza l'altro.

Quando furono grandi studiavano insieme, andavano a cavallo, imparavano a tirare di spada e con l'arco: erano belli, bravi, e inseparabili.

Capitò un giorno che il re di Torlonia mandò un bando:

– Il giovane che vincerà il torneo, sposerà la principessa mia figlia.

– Madre, voglio andare, – disse Znarel, il principino, e la regina disse:

– Vai.

Con carrozza e cavalli, insieme come sempre, Znarel e Morettino partirono per Torlonia.

Viaggia e viaggia, si trovarono a notte fonda in una campagna sperduta. Videro una luce tra gli alberi, e andarono in quella direzione.

Scoprirono un palazzo illuminato.

Mani invisibili li aiutarono a scendere da cavallo, e altre aprirono il portone davanti a loro, e poi la porta di due belle stanze da letto: una per Znarel e l'altra per Morettino.

Ma mentre Znarel cadde addormentato, Morettino volle andare ad esplorare il palazzo, e vide cento sale e salotti e stanze: proprio come il castello di un re.

In una di quelle, sentí delle voci che venivano dal soffitto. Per sentire meglio mise una sedia sul tavolo, e ci sedette sopra.

– Spegni il fuoco, che è tardi, – diceva una.

– Padrone, chi vincerà il torneo? – chiedeva l'altra.

– Il bel giovane che è arrivato stasera, ma adesso spegni il fuoco.

– E lui sposerà la regina?

– Ma sí, ma sí! Ti ho detto spegni il fuoco!

– E saranno felici?

– Solo all'inizio, perché la prima notte un drago entrerà dalla finestra, e ucciderà la sposa: e adesso spegni subito il fuoco!

– Ma allora bisogna avvisare quel giovane!

– No: chi lo avviserà diventerà di pietra. Ora, se non spegni il fuoco, ti prendo a bastonate!

Morettino, spaventato da quello che aveva sentito, tornò nella sua stanza: ma non riuscí a dormire.

Il giorno dopo i due si alzarono, sempre vestiti e serviti da mani invisibili, e ripartirono verso Torlonia. Quando arrivarono, il torneo stava per cominciare. Znarel sfidò tutti i partecipanti, e li vinse.

– Sei tu quello che avrà mia figlia, – disse il re.

La principessa era già innamorata di Znarel.

Due giorni dopo la città era tutta addobbata di seta rossa e fiori e ci fu una festa mai vista, e poi gli sposi si ritirarono nella loro stanza.

Morettino si era nascosto sotto il letto con la spada in mano, perché pensava di salvare la sposa dal drago.

Dopo un'ora, quando gli sposi dormivano, la finestra si aprí e apparve il drago.

Morettino saltò fuori, e cominciò a combattere. Nella lotta pestò il piede della principessa, che si svegliò urlando. Anche il principe si svegliò. Chiamarono i servi, che accorsero con le torce: e cosa si vide? Morettino

con la spada in mano vicino alla finestra, perché il drago era volato via.

– Volevi uccidere me o la mia sposa, ingrato? – gridò Znarel. – Portate questo traditore in prigione!

Morettino non aprí bocca, perché ricordava quello che aveva sentito nel palazzo della foresta: chi avesse raccontato del drago sarebbe diventato di pietra.

Cosí finí in prigione, solo e triste.

Znarel non si dava pace.

– Come ha potuto il mio amico diventare un traditore? Cosa gli è successo?

Andava a trovare Morettino, lo vedeva magro e pallido, e gli chiedeva:

– Perché volevi uccidermi? O volevi uccidere la mia sposa? Perché?

Morettino taceva.

Znarel si infuriò:

– Parla, o ti farò uccidere!

Allora Morettino, con un filo di voce, disse:

– Ti dirò la verità, ma nella grande sala, e alla presenza di tutti quelli che erano alle nozze.

Il giorno dopo il re fece radunare tutti nella grande sala, e Morettino fu portato dalla prigione.

– Quando io e il principe Znarel eravamo in viaggio per venire qui, – prese a raccontare

Morettino, – ci fermammo a dormire in un palazzo misterioso. Durante la notte, io sentii delle voci...

E raccontò tutto quello che era successo: ma appena ebbe detto l'ultima parola, divenne di pietra.

Znarel, la sposa, il re, e tutti quelli che erano presenti cominciarono a piangere attorno alla statua, e ogni giorno Znarel ci tornava, e restava lí accanto a capo chino.

– Vado a caccia per un paio di giorni, – disse una mattina alla sposa.

Invece, con quattro servi, tornò al palazzo della foresta. Era sera: mani invisibili lo aiutarono, lo accolsero, lo guidarono in una stanza. Lui, invece di andare a dormire, prese a girare per cento sale e salotti, finché trovò la stanza con la sedia sul tavolo, proprio come Morettino aveva raccontato.

Salí lassú, e rimase in ascolto.

Sentí delle voci:

– Spegni il fuoco, che è ora.

– Ma, padrone, come si potrebbe salvare Morettino?

– Ci vuole il sangue del gallo dell'Uomo Selvatico, che abita in cima alla montagna: ma non c'è da scherzare, perché sta sempre in braccio al suo padrone. E adesso spegni, perché voglio andare a letto!

– Padrone, come si può fare a prendere il gallo?

– Bisogna buttargli addosso l'acqua della nostra fontana: ma adesso spegni, o mi alzo e ti prendo a calci!

Il principe tornò nella stanza e dormí un paio d'ore. Si svegliò prestissimo, prese una boccetta e la riempí con l'acqua della fontana, poi ordinò ai suoi servi di preparare i cavalli.

Poco dopo salivano la montagna.

Ed ecco, in mezzo a un pascolo, l'Uomo Selvatico, che camminava con il suo gallo in braccio.

L'Uomo Selvatico aveva delle braccia lunghe da far paura: Znarel si avvicinò a quattro passi. L'Uomo Selvatico allungò un braccio per acchiapparlo, ma lui si riempí la bocca con l'acqua della boccetta e la sputò sul gallo.

L'Uomo Selvatico cadde a terra, e il gallo restò fra le mani del principe, che gli tirò il collo e ripartí a cavallo giú per la montagna, veloce come il vento.

Arrivato a Torlonia, mise un po' di sangue del gallo in una ciotola, e lo versò sulla testa della statua di Morettino, che piano piano cominciò a muoversi, e tornò vivo.

I due amici si abbracciarono a lungo, e anche la principessa abbracciò Morettino, e anche il re e la regina, e si fecero venire suonatori e danzatori, e si fece una festa cosí lunga che è finita ieri sera, o magari stamattina.

Il mago del mondo di sotto

Una principessa affacciata alla finestra vide passare un giovane carico di cacciagione. Forse fu la penna del fagiano, forse fu il colore sano, forse fu la piuma di pernice, forse fu la sua aria felice, la principessa s'innamorò del giovane, e mandò a dire al padre re che lo voleva sposare.

Il re fece chiamare il giovane e lo interrogò, ma quando venne a sapere che, oltre ai fagiani e alle pernici, non aveva altro, disse alla figlia:

– Di queste nozze non voglio sentir parlare!

– Padre, io lo voglio sposare!

– No, io te l'ho proibito!

– Lo voglio per marito!

– Ti ho detto: no!

– Lo sposerò!

La principessa tanto disse e tanto fece baccano, che alla fine il re la cacciò dal palazzo:

– Vuoi sposare quello spiantato? Farai la zuppa e farai il bucato!

Cosí i due si sposarono e andarono a stare in una casa nel bosco, dove vivevano felici: lui cacciava, lei coltivava verdure nell'orto.

E per farli ancora piú contenti, nacque un bambino.

Un brutto giorno, qualche anno dopo, il cacciatore vide un grosso uccello nero sul ramo di un albero altissimo. Sparò, ma l'uccello non cadde. Sparò di nuovo, e quello non si mosse. Sparò la terza volta, e dall'albero venne giú un mago con sette teste, e uccise il cacciatore.

La donna non sapeva a chi chiedere aiuto. Però aveva il figlio da crescere, e si aiutò da sola: giorno dopo giorno, mese dopo mese, anno dopo anno, tirarono a campare.

Passarono gli anni, e il ragazzo volle andare a caccia come il padre.

– Se vuoi andare va', – disse la madre. – Ma sta' lontano da quell'albero, che non ti capiti la sciagura!

Il ragazzo, però, non riuscí a resistere. Andò sotto l'albero e vide il grosso uccello nero. Gli sparò una volta, due volte, tre volte, finché scese il mago e disse:

– Morirai come tuo padre!

Strappò un grosso ramo e gli ordinò:

– Ramo fedele, picchia, picchia!

Il ramo volò e cominciò a picchiare il ragazzo, ma lui, invece di ripararsi, lo afferrò e disse: – Ramo fedele, picchia, picchia!

Il ramo volò, e tanto picchiò che il mago cadde stecchito.

Quando la madre vide tornare il figlio con il bastone, l'abbracciò e pianse di felicità.

– Andiamocene di qui, – disse il ragazzo.

– E dove andremo? – lei chiese.

– Ho sentito parlare del palazzo del re, – lui rispose.

Lei sospirò, ma non disse niente, e si misero in cammino. Bisogna sapere che il re, non avendo avuto altri figli, aveva annunciato che avrebbe dato il regno a un parente che si fosse mostrato capace di regnare.

Cammina cammina, madre e figlio capitarono davanti a una grotta immensa, che conteneva una città intera. La grotta era sostenuta da un gigante, di nome Spallaforte.

– Chissà quanto ti pagano, per la tua fatica! – dice il giovane.

– Mi danno da mangiare e bere, e nemmeno da dormire! – risponde Spallaforte.

– Vieni con me, e avrai lo stesso senza faticare, – dice il giovane, e il gigante lo segue, facendo crollare la grotta sulla città.

Piú avanti c'è un gigante che devia un fiume con la barba, per tenere all'asciutto una città.

– Come ti chiami? – chiede il giovane.

– Barbalunga.

– Quanto ti danno, per deviare il fiume?

– Da mangiare e bere, e nemmeno da dormire.

– Vieni con me, e avrai lo stesso.

Barbalunga lo segue, e il fiume allaga la città.

Cammina cammina, i quattro avevano fame: allora il giovane inseguí un cervo fino all'ingresso di una caverna, lo uccise e lo affidò ai giganti per farlo arrosto. Erano lí che arrostivano, quando dalla grotta uscí un mago piú grande di loro, che disse:

– È ben cotta?

– Sí, ma non per te! – risposero i giganti.

Il mago li riempí di botte, e si mangiò la carne: e lo stesso accadde per altre due sere. Alla fine il cacciatore decise di rimanere lui a cuocere la carne, e quando il mago gigantesco si fece vedere, lui tirò fuori il ramo e disse:

– Ramo fedele, picchia, picchia!

Il ramo picchiò tanto che il mago fuggí pesto e ferito dentro la caverna.

– Ora mangiamo, e poi entriamo nella grotta, a vedere cosa c'è, – disse il giovane.

E cosí fecero. Dentro la caverna c'era un pozzo.

– Voglio scendere e vedere, – disse il cacciatore.

– Non andarci, figlio mio, – disse la madre.

Ma lui si legò con una fune, ne diede un capo a Spallaforte, e si calò: ed ecco che, là sotto, vide un magnifico palazzo, e affacciata a una finestra una bellissima ragazza.

– Scappa, scappa, che torna il mago! – lei gridò.

Il mago arrivò, robusto e feroce piú di prima, perché si era unto con un unguento incantato.

Il giovane disse al bastone:

– Picchia, picchia, ramo fedele!

Il ramo picchiò, picchiò, e il mago, tutto pesto, tornò nel castello per ungersi: ma siccome la ragazza aveva annacquato l'unguento, le ferite non guarirono e il mago morí.

Il giovane chiese alla bella: – Chi sei?

– Una principessa prigioniera.

– Vuoi venire con me?

– Certo! – lei rispose, e gli diede un anello per gratitudine. Lui le legò la corda alla vita, e gridò verso l'alto:

– Tira, Spallaforte!

La ragazza andò su, e la corda tornò giú: ma il giovane sospettò che i due giganti volessero fargli un tranello, cosí legò alla corda una pietra.

– Tira, Spallaforte! – gridò.

Il sasso salí per venti metri, e poi cadde pesantemente: i giganti avevano tagliato la corda, per far morire il cacciatore.

Il giovane andò di qua e di là in quel mondo sotterraneo. A un tratto vide una biscia che cercava di prendere un uovo nel nido di un'aquila. La uccise a sassate, e l'aquila, per gratitudine, lo riportò in volo nel mondo di sopra.

Cammina cammina, arrivò in una gran città, dove suonavano a morto tutte le campane.

– Cos'è questo scampanio? – chiese a uno.

– Non lo sai? – rispose quello.

– Se lo sapevo non lo chiedevo.

– C'è un mago nella foresta, e ogni mattina vuole una persona per mangiarsela. Oggi tocca alla figlia del re: ecco perché suonano le campane.

Il giovane corse nella foresta: la principessa stava andando, pallida e lenta, verso il terribile mago.

– Picchia, picchia, ramo fedele! – disse il giovane, e il ramo volò, picchiò, e il mago cadde stecchito.

Il re della città disse: – Bravo giovane, fermati qui e sposa la mia figliola!

Ma il cacciatore pensava sempre alla principessa che aveva liberato nel mondo sotterraneo, e se ne andò.

Cammina cammina, arrivò in città. La ragazza era nel palazzo del re suo padre. I due giganti volevano sposarla, e il re aveva accettato, ma lei aveva detto: – Sceglierò come sposo uno dei due giganti tra un anno, tre mesi e tre giorni.

Cosí i giganti aspettavano, e ciascuno sperava che la principessa avrebbe scelto lui.

Il cacciatore, allora, si mise a fare il calzolaio nella città, ed era cosí bravo che quando fu il tempo delle nozze il re chiese proprio a lui di fabbricare le scarpe della sposa.

Lui fece un paio di scarpe bellissime, e in fondo a una mise l'anellino che la principessa gli aveva dato quando l'aveva liberata.

La principessa provò le scarpette, sentí qualcosa con il piede, trovò l'anello.

– Devo andare dal calzolaio, padre mio, perché una delle scarpe è un po' stretta, – disse.

Quando arrivò nella bottega, i due si riconobbero e si abbracciarono pieni di gioia.

Venne il giorno stabilito.

– Hai scelto il tuo sposo, figliola? – chiese il re.

– L'ho scelto, padre mio.

– Hai scelto il primo o il secondo?

– Ho scelto il terzo! – disse lei.

– Il terzo? E chi è? – chiese il padre, stupito.

– Il calzolaio! – lei rispose. Poi spiegò al padre tutta la faccenda, e gli mostrò l'anellino.

– Sposa il calzolaio, dunque! – disse il re.

– Tua figlia aveva promesso di sposare uno di noi! – gridarono Barbalunga e Spallaforte.

Ed ecco salta fuori il giovane con il bastone, e dice: – Picchiali, picchiali, ramo fedele!

Il ramo picchiò, picchiò, e se non li ammazzò fu solo perché scapparono a gambe levate, e non si fecero piú vedere da quelle parti.

E i due giovani si sposarono, e vissero felicemente.

I doni della fortuna

Una povera donna aveva tre figli, e non riusciva a sfamarli. Un giorno il maggiore disse:

– Madre, dammi una focaccia: voglio andare nel mondo in cerca di fortuna.

Prende la focaccia e si mette in cammino. A un incrocio di strade c'è un vecchio che gli chiede l'elemosina.

– Non ho niente da darti, – dice il giovane, e continua per la sua strada.

Cammina cammina, arriva a una grande fattoria, e quando vede il padrone chiede:

– Hai del lavoro per me?

Il padrone, grande, grosso e con la voce tonante, risponde:

– Sorveglia le mie oche in campagna, ma bada: tredici sono e tredici devono tornare. Se ci saranno tutte, avrai pane e companatico. Se ne mancherà qualcuna, peggio per te!

Il giovane parte con le oche e non le perde d'occhio. Quando è l'ora di tornare, le

conta: ma sono solo dodici. Chiama, richiama, ma non trova l'oca perduta.

Torna alla fattoria, e il padrone conta le oche. Fa un versaccio, prende il giovane e lo rinchiude in una torre senza finestra, dove il poveretto sta tutto il giorno a piangere, mangiando la crusca dei porci.

Intanto, a casa, il secondo figlio dice alla madre:

– Mio fratello non è tornato, deve aver trovato fortuna. Dammi una focaccia, e anch'io partirò.

La madre gli dà la focaccia, e il figlio parte. Al solito incrocio, ecco il vecchio mendicante, che chiede:

– Dammi qualcosa da mangiare, buon giovane!

– Non vedi che ne ho solo per me?

– Attento alle oche! – dice il vecchio, e l'altro non gli risponde, credendo che sia pazzo.

Cammina cammina, il secondo figlio arriva alla fattoria, e chiede lavoro.

– Porta al pascolo le mie dodici oche, – gli dice il padrone. – Se le riporti tutte, sarai pagato, ma se sono di meno, guai a te!

Il giovane parte, e non perde d'occhio le oche per tutto il giorno. Ma quando le conta per tornare, ne manca una. Cerca per i prati, cerca per i fossi, l'oca non salta fuori.

Alla fattoria il padrone conta le oche, senza dire una parola afferra il giovane per un braccio e lo getta nella torre, dove magro e pallido stava l'altro fratello. E i due, mangiando crusca, restano lí a piangere e disperare.

Il terzo figlio, dopo un po', dice alla madre:

– I fratelli non tornano, certo hanno avuto fortuna. Anch'io voglio andare.

La madre gli dà una focaccia, e si salutano. Al crocevia c'è il solito vecchio.

– Ho fame, buon giovane!

– Ho una sola focaccia, ma possiamo fare a metà, – dice il giovane, e spezza il cibo.

Dopo aver mangiato, il vecchio gli regala uno zufolo e dice: – Sta' attento alle oche, figliolo, e se spariscono suona questo zufolo.

Il ragazzo prende lo zufolo e ringrazia, pensando: «Povero vecchio, non sa quello che dice!».

Cammina cammina, eccolo alla fattoria.

– Hai lavoro per me? – chiede al grosso padrone, dopo aver messo in tasca lo zufolo.

– Porta le mie undici oche al pascolo. Se le riporterai tutte, sarai pagato: ma se saranno di meno, ti ammazzerò!

– E se saranno di piú? – dice il giovane.

– Se saranno di piú, tu ammazzerai me! – risponde l'omaccio, ridendo.

Il ragazzo va al pascolo, e per tutto il giorno conta e riconta le oche, fino all'ora del ritorno. Le riconta, e sono solo dieci. Chiama, chiama di nuovo: nessuna oca si fa vedere. Allora ricorda quello che aveva detto il vecchio. Tira fuori lo zufolo e si mette a suonare. Dopo un po', un'oca esce da un cespuglio. Dopo un altro po', un'altra oca esce dal fossato. E dopo ancora un po', una terza oca esce dal bosco.

Tutto contento il giovane torna alla fattoria.

– Anche tu hai perso un'oca come gli altri due? – grida l'omaccio, quando lo vede da lontano. – Sono troppo soli quei due, nella mia torre!

Il giovane non dice niente. Il padrone conta, e le oche sono tredici!

Pensa di aver sbagliato, conta di nuovo: sono proprio tredici.

– Per favore, non mi ammazzare! Se non mi uccidi, farò la tua fortuna! – implora il padrone, e il giovane gli dice:

– Non ti uccido, ma libera subito i miei fratelli, e dà loro la paga che hanno guadagnato.

I fratelli sono liberati, prendono la paga e si mettono in cammino per tornare a casa, e annunciare alla madre che sono ancora vivi.

Il padrone, intanto, porta un asino davanti al terzo figlio, e dice: – Prendi questa bestia incantata. Se dici: «Ciuchin, caca denari!» lui alzerà la coda e farà uscire belle monete d'oro.

Il giovane non credeva a quelle parole, e disse:

– Ciuchin, caca denari!

Subito l'asino alzò la coda, e scodellò un mucchio di monete sonanti.

Cammina cammina, il giovane e il somaro si fermarono a un'osteria, verso il tramonto, per riposare. Prima di entrare, il giovane legò la bestia a un ramo, e disse: – Ciuchin, caca denari.

Subito la bestia lasciò cadere le monete, il giovane le raccolse, ed entrò nella locanda.

La moglie dell'oste, dalla finestra della cucina, aveva visto e sentito, e preso in dispar-

te il marito gli raccontò ogni cosa. Di notte misero al posto dell'asino un altro, del tutto uguale.

Al mattino il giovane si rimise in cammino, e arrivò a casa. Disse:

– Mamma, metti una tovaglia per terra, dietro l'asino.

– Proprio dietro, figliolo?

– Proprio dietro, e vedrai!

La mamma mise la tovaglia, e il giovane disse:

– Ciuchin, caca denari!

L'asino, niente.

– Ciuchin, caca denari! – gridò il giovane. L'asino, come prima.

– Ciuchin, caca denari! – urlò ancora il giovane, e l'asino, spaventato, mise fuori qualcosa che non erano denari, e nemmeno a denari somigliavano.

Infuriato, il giovane tornò dall'uomo che gli aveva dato l'asino, e lo minacciò.

– Prendi questa tovaglia, – disse l'uomo. – Basta dire: «Apparecchia!» e vedrai.

Il giovane stende la tovaglia, e dice:

– Apparecchia!

Subito appare pasta, carne, riso, dolci, salse, formaggi, uova, torte, vino, frutta, liquori: ogni ben di dio. Il giovane, tutto contento, va all'osteria, prende una stanza, stende la tovaglia, e dice:

– Apparecchia! – e subito compare quell'abbondanza.

La moglie dell'oste, però, spia dal buco della serratura, e quando il giovane, dopo aver mangiato e bevuto, si addormenta, entra e cambia la tovaglia magica con una proprio uguale.

Al mattino, quando arrivò a casa, il giovane disse:

– Sgombra la tavola, madre, e vedrai!

La madre sgomberò, e lui stese la tovaglia.

– Apparecchia!

Niente.

– Apparecchia!

Nemmeno una briciola.

Furioso, il giovane tornò dall'uomo, e lo minacciò, ma quello disse:

– Certo sei stato ingannato! Prendi questo bastone, e quando dirai «Picchia!», lui picchierà.

Dopo un po' di riflessione, il giovane capí che doveva ripassare dall'oste: ma prima, nel bosco, mise il bastone vicino a un albero, e disse:

– Picchia!

Il bastone picchiò l'albero, finché il giovane lo fermò. Arrivato alla locanda, il giovane nascose il bastone vicino a sé mentre mangiava, ma in modo che l'oste e la moglie se ne accorgessero.

– Chissà che cosa può fare quel bastone! – disse la moglie dell'oste. – Forse, a piantarlo, cresce un albero dalle mele d'oro!

– Forse, cresce un albero dalle pere di diamante! – disse l'oste.

– Va' nel bosco, e taglia un bastone uguale a quello! – disse la moglie, e l'oste andò.

Intanto il giovane, dopo aver mangiato e bevuto, fece finta di addormentarsi sul tavolo. La moglie dell'oste non resiste alla tentazione: si avvicina piano piano, e sta per prendere il bastone, quando il giovane dice:

– Picchia!

Il bastone picchiò e picchiò, finché la donna cadde svenuta sotto il tavolo. Il giovane si rimise a fingere di dormire.

Torna l'oste, con il bastone uguale. Cerca la moglie, ma la moglie non viene. Piano piano, si avvicina al bastone del giovane, e fa per prenderlo.

– Picchia! – gridò il giovane, e il bastone picchiò e picchiò, finché l'oste cadde svenuto come la moglie. Quando si svegliarono, tutti pesti, c'era il giovane con il bastone appoggiato alle ginocchia.

– Avete visto una tovaglia cosí e cosí? – disse, accarezzando il bastone.

– È nella madia di sopra! – rispose la donna.

– Avete visto un somaro cosí e cosí? – chiese il giovane.

– È nella stalla! – rispose l'oste.

Il giovane si alzò e andò a prendere asino e tovaglia, e tornò a casa.

Stese la tovaglia e ordinò:

– Apparecchia!

E la tovaglia apparecchiò.

– Ciuchin, caca denari! – disse il giovane.

E l'asino denari cacò.

E la donna e i suoi tre figli vissero nell'abbondanza per tutta la vita.

Sette paia di scarpe di ferro

Un re, passando con i suoi cavalieri, sollevò polvere vicino alla capanna di una strega. Furibonda, la strega gli lanciò una terribile maledizione: che il figlio del re, arrivato a dieci anni, si trasformasse in una bestia, tranne la testa.

E cosí avvenne: quando il principino compí dieci anni, il suo corpo, tranne la testa, si trasformò in quello di una bestia.

Quando ebbe vent'anni, chiese al re di potersi sposare, e il padre scelse per lui la piú bella ragazza del regno.

La sera, appena furono soli, il principe disse alla sposa: – Devi sapere, mia bella, che io sono un mostro solo di giorno, mentre di notte torno uomo completo. Vuoi aiutarmi a rompere questo incantesimo, e farmi tornare uomo per sempre?

– Certo che voglio, – disse lei.

– Ecco quello che devi fare, – lui disse. – Ordinerò che per tre sere si faccia una gran festa da ballo. Ogni sera si presenterà un cavaliere sconosciuto, e ti chiederà di ballare. Tu accetterai, e ballerai con lui tutta la sera, mostrandogli affetto.

– Tuo padre e tua madre si infurieranno, – lei disse.

– Non dovrai badarci, e continuare a ballare. Perché quel cavaliere sarò io, ma se non terrai il segreto accadranno grandi disgrazie.

La sera dopo, alla prima festa, arrivò il cavaliere sconosciuto, e invitò a ballare la giovane sposa. Lei accettò, e ballò tutta la sera con lui, facendogli sorrisi.

Il re e la regina fecero finta di non vedere.

La seconda sera venne un altro cavaliere e invitò la sposa, che ballò con lui, piena di tenerezza.

Il re e la regina avevano la faccia scura, e brontolavano: ma la sposa non disse niente, per non fare accadere terribili disgrazie.

La terza sera arriva un altro cavaliere, invita la sposa, e ballano abbracciati, guardandosi con occhi dolci.

A quel punto la regina non resiste, balza in piedi e comincia a tirare i capelli della giovane, strillando:

– Brutta infedele e ingrata! Mio figlio ti ha sposata, e tu fai gli occhi dolci a questi sconosciuti!

La ragazza, piangendo, grida: – Ahi! Ahi! Basta! Questo cavaliere è proprio tuo figlio!

Ed ecco si sente un tremendo fracasso, e tutti i vetri del palazzo si rompono e si piantano nel corpo del cavaliere, che cade insanguinato. Piangendo, la sposa si china e gli leva i pezzi di vetro uno a uno: ma appena gli ha tolto l'ultimo, il cavaliere scompare.

Il mattino seguente, dopo pianti e lamenti, la sposa dice al re e alla regina:

– Parto per il mondo, a cercare il mio sposo. Lo cercherò fino a quando avrò consumato sette paia di scarpe di ferro.

Il re fa fare le scarpe, e la giovane parte.

Cammina cammina, dopo aver consumato due paia di scarpe, una sera la ragazza arrivò in cima a una montagna, ed era molto stanca. Bussò alla porta di una capanna.

– Che cosa vuoi? – disse una vecchia, aprendo.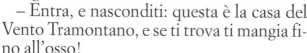

– Riparo e riposo, buona donna, – rispose la ragazza.

– Entra, e nasconditi: questa è la casa del Vento Tramontano, e se ti trova ti mangia fino all'osso!

La ragazza entrò e si nascose sotto il letto, con il suo sacco di scarpe di ferro.

Tornò il Vento Tramontano, ed appena entrato disse:

– Ucci ucci, sento odore di cristianucci! – e si chinò, vide la sposa sotto il letto, e la trascinò fuori per un braccio.

– Prima che ti mangi, dimmi: cos'hai in quel sacco?

– Quattro paia di scarpe di ferro.

– E a cosa ti servono?

– Per camminare.

– E dove devi andare?

Allora la sposa raccontò la sua storia al Vento Tramontano. Alla fine lui decise di non mangiarla, e la lasciò riposare nella casa.

Il mattino dopo le diede una mandorla d'argento, e disse:

– Rompila solo in caso di grave pericolo. Ora va' da mio fratello, il Vento Maestrale: forse lui sa dov'è il tuo sposo.

La sposa partí, e cammina cammina, arrivò a una casa di pietra, a picco su una scogliera, dove viveva il Vento Maestrale.

– Che fai qui, ragazza? – gridò il vento. – Non hai paura di me?

– Mi manda tuo fratello, il Vento Tramontano, – disse lei, e raccontò tutta la storia.

Alla fine, lui le diede una noce d'oro e disse:

– Schiacciala solo in caso di grande pericolo. Ora riposa, e domattina va' a cercare mio fratello, il Vento Grecale, che forse sa dove si trova il tuo sposo.

Al mattino la sposa mise un paio di scarpe nuove, e cammina cammina arrivò in cima a una collina grandissima, dove abitava il Vento Grecale.

– Non so dov'è il tuo sposo, – disse il Vento alla fine. – Però prendi questa scatolina di alabastro: aprila solo in caso di grande pericolo. E per questa notte fermati a riposare.

Il giorno dopo la sposa ripartí, e cammina cammina, consumò altre due paia di scarpe in giro per il mondo. Aveva ai piedi l'ultimo paio, quando arrivò in una città dove si stava preparando una grande festa, perché la regina si stava per sposare.

La giovane mise l'abito piú bello che aveva con sé, e si mescolò agli invitati, e cosa vide?

Vide che lo sposo promesso era proprio suo marito.

Disperata, prese la mandorla d'argento, e la schiacciò, e comparvero due scarpette d'oro ricamate con perle, una meraviglia.

Andò dalla regina, e disse:

– Vuoi provare queste scarpette?

La regina le provò, e le sembrò che fossero state fatte proprio per lei.

– Quanto vuoi, per darmele? – chiese.

– Voglio dormire una notte col tuo futuro sposo, – dice la ragazza.

La regina è stupita, ma le scarpette le piacciono talmente, che accetta il patto. Però dice a una dama:

– Questa sera metti nella cena del principe un sonnifero potente, in modo che si addormenti e non si svegli fino a domattina.

La dama lo fece, e il principe, dopo la cena, si era appena sdraiato a letto, che cadde in un sonno profondo.

La ragazza, entrata nella camera, cercò di svegliarlo, cantando:

Sette paia di scarpe ho consumato,
per i mari e i monti ti ho cercato,
e tu rimani muto e addormentato!

Il giorno dopo la sposa schiacciò la noce, e comparve un arcolaio d'oro. Lo portò alla regina, che disse:

– Cosa vuoi, per darmelo?

– Dormire un'altra notte con il tuo futuro sposo.

La regina accettò, ma ordinò alla dama di far addormentare il principe come la notte prima, e il principe si addormentò.

Invano la sposa cantava:

Sette paia di scarpe ho consumato,
per i mari e i monti ti ho cercato,
e tu rimani muto e addormentato!

Il principe russava.

Il giorno dopo, disperata, la sposa aprí la scatoletta d'alabastro: e ne uscí un uccellino dal canto cosí incantato che faceva addormentare tutti. Lo rimise nella scatoletta, andò al palazzo, entrò nel giardino e fece uscire l'uccellino, che si mise a cinguettare dolcemente.

Tutti, signori, servi, dame, cavalieri, cuochi, guardie, gatti e cani, si addormentarono in quello stesso istante.

Allora lei andò dallo sposo, che dormiva su un divano, e tanto lo scrollò, pizzicò e stropicciò, che lo fece svegliare.

Lei cantò:

Io, che quel giorno tanto ho sbagliato,
sette paia di scarpe ho consumato,
finché, mio dolce sposo, ti ho trovato!

Lui la riconobbe, la perdonò e l'abbracciò, e subito se ne andarono, con l'uccellino che cantava sul dito della sposa, e solo quando furono sette miglia lontani, lei lo rimise nella scatoletta, e quelli del palazzo si svegliarono, non trovarono piú lo sposo, si consolarono facendo lo stesso la festa di nozze, per non sprecare tutta la buona roba che avevano preparato.

E i due sposi arrivarono al palazzo del re, raccontarono le loro avventure, e vissero cento anni molto felicemente.

La regina delle tre montagne

Una donna aveva un figlio solo, che un giorno, per gioco, qualcuno chiamò Dragone. Il ragazzo si arrabbiò talmente, che per fargli dispetto, da allora, tutti lo chiamarono Dragone. Lui allora decise di andarsene, per non sentire piú quella parola, e nonostante i pianti della madre, se ne andò.

Cammina cammina, attraversò campagne e boschi, e quando si fece sera gli venne addosso una grande paura. Vide nel bosco una luce, e si avvicinò: era un palazzo cosí bello che sembrava una reggia.

Bussò, ma nessuno rispose. Provò a spingere il portone, ed era aperto. Entrò, e non c'era nessuno. Gira di qua, entra di là, si trovò in una sala illuminata, con un tavolo coperto di pane, pasta, riso, carne, formaggi, dolci, frutta, vino e ogni cosa buona.

Siccome non c'era nessuno a cui chiedere il permesso, il giovane, che era molto affamato, sedette e si riempí la pancia. Preso da un gran sonno, salí nelle camere, tutte con i letti pronti. Si stese in uno dei letti, e si addormentò.

Al mattino si svegliò e riprese a girare il palazzo, e poi il giardino, che era grande e pieno di piante e fiori. All'improvviso, si sentí chiamare:

– Dragone! Dragone!

Fece un salto: chi lo chiamava cosí? Cerca di qua, cerca di là, si accorse che la voce veniva da un pozzo. Guardò giú, e vide una ragazza nell'acqua fino al collo.

– Chi sei? – chiese.

– La regina delle tre montagne delle aquile d'oro, – lei rispose. – Mi hanno messa quaggiú i maghi che vivono in questo palazzo.

– I maghi?

– Sí, arrivano dopo mezzanotte, e se ne vanno prima dell'alba. Ma se vuoi fare una cosa per me, potrò essere libera.

– E cosa dovrei fare?

– Farti trovare da loro, e lasciarli giocare con te.

– Giocare con me?

– Sí. I maghi sono burloni.

– E se mi faranno del male?

– Ti darò un unguento, tu ti ungerai, e non sentirai nessun dolore.

Il giovane accettò, si unse con l'unguento, e si mise ad aspettare. Arrivarono i ma-

ghi, lo videro, lo presero, e cominciarono a
tirarselo come una palla, ridendo: e se lui
non fosse stato unto con l'unguento, sarebbe certo morto, invece non sentiva nessun
dolore.

Il mattino dopo, quando i maghi se ne andarono, la ragazza aveva l'acqua alla vita. Il
giovane si unse di nuovo, i maghi tornarono,
e gli tirarono sassi addosso: ma lui non sentiva dolore, e non si feriva.

Il mattino dopo la ragazza aveva l'acqua
alle ginocchia. Lui si unse, e i maghi, quando tornarono, gli diedero fuoco: ma lui non
sentiva dolore, e nemmeno si bruciava.

Al mattino la ragazza aveva l'acqua alle caviglie, e lui le diede la mano e la tirò fuori dal
pozzo. Presero due cavalli e del denaro dei
maghi, e scapparono.

Arrivarono a un'osteria, dove c'era un'ostessa mezza strega, che si innamorò del giovane. Allora gli mise una pozione nella minestra, e lui cadde addormentato. Lei lo chiamò,
lo scrollò, ma lui non si svegliava. Venne un
finto medico, lo visitò, e disse:

– Questo giovane non si sveglierà piú.

Disperata, la ragazza partí. Invece il giovane si svegliò, e l'ostessa gli disse:

– La tua bella compagna ti ha lasciato qui
addormentato. Vuoi restare per sempre con
me?

Lui, senza risponderle, scappò di corsa, e piangendo corse e corse, finché arrivò sulla riva del mare. Era lí che stava per buttarsi, quando apparve un mago.

– Cosa ti è accaduto, giovane triste?

Il giovane glielo raccontò.

– Ci dev'essere stata una cattiva magia, – disse il mago. – Non ti preoccupare, io sono il re dei gatti, e chiederò ai miei sudditi di cercare la ragazza.

Fece un fischio, ed ecco cento e mille gatti venire, e a tutti il re chiese se avessero visto la regina delle tre montagne, e quelli dissero no.

Il re dei gatti disse:

– Giovane, cammina lungo il mare, finché troverai mio fratello, il re dei topi. Chiedi a lui della regina, perché i topi vanno dove i gatti non sanno andare.

Cammina cammina, il giovane andò, finché trovò il re dei topi, e gli chiese di aiutarlo.

Vennero i topi.

– Avete visto la regina delle tre montagne? – chiese il re.

– No, – risposero quelli.

– Va' lungo il mare, e incontrerai il re degli uccelli, – disse il re dei topi al giovane.

Il giovane andò, e il re degli uccelli chiamò tutti gli uccelli, che vennero a migliaia dal cielo.

Nessuno aveva visto la regina delle tre montagne, ma a un certo punto qualcosa luccicò in cielo. Era un grande uccello che si avvicinava: un'aquila d'oro.

– Hai visto la regina delle tre montagne? – chiese il re degli uccelli.

– Sí, – rispose l'aquila. – È sulla cima piú alta, e fra tre giorni si sposa.

Il giovane le chiese:

– Vuoi portarmi lassú, aquila d'oro?

– Se mi sfamerai e disseterai per tutto il volo, – lei rispose.

Il giovane cacciò tutto il giorno, e prese un otre pieno d'acqua. Poi, con l'otre e il sacco della cacciagione, salí sul dorso dell'aquila, e ogni tanto le dava un po' di carne da mangiare, ogni tanto un po' d'acqua nella mano da bere.

Vola e vola, arrivarono in vista delle tre montagne: ma la carne era finita, e allora l'aquila si rovesciò, e lasciò cadere il giovane da grande altezza. Per fortuna c'era sotto uno stormo di grosse oche, e saltando da una all'altra il giovane arrivò fino a terra senza farsi del male.

Proprio in quel momento stava cominciando la cerimonia delle nozze.

Il giovane arrivò, e disse a quello che stava per sposare la regina:

– Ti sfido a una gara di pizzicotti: il primo che piangerà non si sposerà.

Lo sposo accettò, e i due si misero a darsi pizzicotti alle braccia: ma il giovane, prima, si era unto con l'ultimo unguento che aveva ancora nella tasca, e cosí non sentiva nessun dolore.

L'altro, invece, a un certo punto cominciò a piangere e strillare, e se ne andò.

Cosí il giovane sposò la regina delle tre montagne, e la festa di nozze durò sette giorni e sette notti.

Il vaso di mentuccia

Un uomo aveva tre figlie: le piú grandi cattive, capricciose e scontente, la piú piccola era di miele.

Siccome il padre era mercante, andava spesso a comprare e vendere in fiere e mercati.

Un giorno, partendo per una fiera, chiamò le figlie e disse:

– Che volete in regalo?

– Io un bell'abito di seta, – disse la piú grande.

– Io un cappello con la piuma, – disse la seconda.

– E tu? – chiese il padre alla terza.

– Voglio un vaso di mentuccia.

Il padre baciò le figlie e partí, dicendo di non litigare fra loro.
Ma appena fu dopo la curva della strada, le due grandi cominciarono a prendere in giro la piccola, e accusarla di fare la smorfiosa con

il padre per essere la preferita, e tanto dissero che per campare in pace la poverina dovette chiudersi in camera, e non ne usciva piú.

Il padre andò alla fiera e comprò i regali per le due figlie grandi, e se ne tornava al paese, quando ricordò il vaso di mentuccia:

«Ormai non posso tornare indietro, la strada è troppo lunga, – pensò. – Però mi spiace non accontentare anche lei...»

E chiedeva a chi incontrava un vaso di mentuccia, ma nessuno ne aveva.

Alla fine trovò un bel giardino. Entrò e chiese al giardiniere:

– Hai un vaso di mentuccia da vendermi?

Il giardiniere cerca per tutto il giardino, trova un vaso di mentuccia e glielo dà.

– Quanto devo pagare? – chiede il mercante.

– Niente, te lo regalo, – dice il giardiniere. – Questo è il giardino del re: porta a casa il

92

vaso, ma raccomanda molto alla tua figliola di non farlo seccare.

Il mercante disse grazie, e allegro come una pasqua tornò a casa.

Le figlie gli andarono incontro contente: due per i regali, l'ultima per levargli gli stivali e spolverargli il vestito.

Quando il padre fu riposato, chiamò la piú grande:

– Giulia, ecco l'abito di seta.

Poi chiamò la seconda:

– Lidia, ecco il cappello con la piuma.

Poi chiamò la terza:

– Teresa, ecco il vaso di mentuccia: mi raccomando, non devi lasciarlo seccare.

– Mi raccomando, attenta alla pianta! – scherzava Giulia.

– Bagnala e baciala, se no ti muore! – scherzava Lidia.

Teresa si chiuse in camera con la sua pianta, e non voleva piú uscire nemmeno a cena.

Una sera le due grandi andarono a teatro, e Teresa stava in camera, seduta davanti al vaso. Toccando le foglie, a un certo punto ne staccò una per sbaglio: la prese, la mise davanti alla fiamma per guardare le venature. La foglia si bruciacchiò, e in quel momento apparve nella camera un bel giovane, e disse:

– Perché mi hai chiamato?

Teresa rimase di sale, ma si fece coraggio:
– Io non ho chiamato nessuno. Come sei entrato?

E lui: – Devi sapere che io sono prigioniero nel vaso, perché una fata fece un incantesimo. Quando una foglia si brucia, io accorro subito.

– Chi sei?

– Sono il figlio del re, – lui rispose, e la guardava con l'occhio innamorato.

– Perché mi guardi cosí? – chiese Teresa.

– Perché mi piaci, e voglio sposarti, quando l'incantesimo sarà passato.

Siccome anche lui piaceva a lei, i due si abbracciarono e baciarono, e si misero d'accordo che quando le sorelle, ogni sera, si fossero messe a russare, lei avrebbe bruciato una foglia per farlo venire.

– Però attenta, – disse lui. – Non bruciarne piú di una, perché altrimenti crederò che ti sia successo qualcosa, e fuggirò a rompicollo, e siccome per fuggire devo passare sulle scale di vetro, se cado posso morire!

E le fece vedere che sotto il letto c'era un buco con una scala di vetro, che portava fino al palazzo del re. Poi si salutarono e lui scappò da dove era venuto.

Da quel momento, per paura che le sorelle facessero qualcosa di male al vaso, Teresa non volle piú uscire dalla casa, né di giorno né di notte: ma le due, vedendo che lei non usciva, chiedevano sempre al padre che portasse Teresa a passeggiare, e prega una volta e prega due volte, finí che il padre riuscí a portarla fuori.

Appena lei fu uscita, Giulia e Lidia andarono nella sua camera, e per farle dispetto bruciarono tutto il vaso di mentuccia, e se ne andarono.

Teresa tornò, e trovò quella rovina. Trattenendo grida e pianto guardò sotto il letto, e vide le scale di vetro tutte fracassate. Allora scoppiò a piangere contro le sorelle:

– Infami! Mostri! Diavoli senza cuore!

Quando finí il pianto, andò dal padre e disse:

– Padre, me ne vado. Mi vestirò da uomo e camminerò per la mia strada.

Invano il padre chiese e pregò: lei fece come aveva detto. Cammina cammina, a chi incontrava chiedeva:

– Sai qualcosa del figlio del re?

– So che sta per morire, e nient'altro, – rispondevano quelli.

Un giorno Teresa sedeva a riposare accanto a un fiume, quando sentí voci di donne. Si alzò, e nascosta dietro un albero vide due vecchine sedute su un sasso, che parlavano fra loro.

Una diceva:

– Hai sentito del figlio del re, che sta morendo?

– Ho sentito, ho sentito! – l'altra rispondeva.

– Nessun medico lo sa guarire!

– Già, proprio nessuno!

– Chi l'ha ridotto cosí, deve avere un gran rimorso!

– Già, un rimorso grande, deve avere!

La ragazza, dietro l'albero, tremava.

Una vecchina disse:

– Sai, io potrei far guarire il figlio del re.

– Davvero? E come? – chiese l'altra.

– Col grasso d'Orco che ho in questa scatolina. Bisognerebbe spalmarlo su una coperta di lana ben calda, e poi avvolgere il
principe nella coperta, e tutti i pezzetti di vetro rimasti nella sua carne verrebbero fuori,
e guarirebbe in un momento.

– E perché non lo fai guarire? – chiese
l'altra.

– Perché le streghe sono cattive! – disse la
prima, e ghignando buttò la scatolina nel fiume, e se ne andò con l'altra, e tutte e due ghi-
gnavano di grosso.

Teresa, in fretta, si tuffò nel fiume e batté
braccia e gambe finché fu vicina alla scatola,
e la prese in bocca, e tornò alla riva, e si
asciugò al sole, e riprese il cammino.

Intanto il re aveva fatto un editto:

*«Ogni medico che non riuscirà a guarire
mio figlio in tre giorni, avrà la testa tagliata».*

Tutti i medici del paese saltarono a cavallo e fuggirono via.

97

Però un giovane si presentò, e disse che voleva curare il principe.

– Attento, mi rincrescerebbe farti tagliare la testa! – disse il re.

Ma il medico giovane, che era Teresa travestita, disse che voleva provare.

Andò nella camera del figlio del re, e chiese tre coperte di lana e un braciere, poi fece chiudere le porte.

Fece scaldare le coperte, e poi le unse con il grasso d'Orco, le avvolse attorno al malato una alla volta.

E nella prima coperta rimasero i pezzi di vetro piú grossi, nella seconda quelli piú piccoli, e nella terza anche i piccolissimi, e quando il vetro usciva la ferita si chiudeva e guariva.

– Teresa! – disse il principe aprendo gli occhi, e lei lo baciò e gli raccontò come erano andate le cose.

Fu chiamato il re, che venne e cantò di gioia, e subito si prepararono le nozze, che furono le piú belle mai viste, e

anche io fui invitato,
e alle nozze sono andato,
e la zuppa era squisita,
e la pancia si è riempita.

I tre soldati

Tre soldati scappati dal reggimento camminavano per la campagna, stracchi morti.

– Viene notte, cerchiamo una capanna, – dissero. Un po' piú avanti ne trovarono una in un bosco fitto, ma il piú vecchio disse:

– Non è prudente mettersi a dormire tutti e tre: mentre due di noi dormono per un'ora, uno starà di guardia. Dormite voi, adesso, farò io il primo turno.

I due compagni entrarono e si addormentarono di colpo.

Prima che l'ora finisse, arrivò un gigante, e disse al soldato di guardia:

– Che ci fai, qui?

Il soldato nemmeno lo guardò in faccia, e rispose:

– Perché dovrei dirlo a te?

Il gigante allora, furibondo, si avvicinò a braccia tese, ma il soldato fu svelto: prese la sciabola e gli tagliò la testa, lo buttò in un fosso e ripulí la sciabola. Poi, siccome l'ora era finita, andò a svegliare uno dei compagni.

– Si è visto qualcuno? – chiede quello.

– Un gigante, ma gli ho tagliato la testa e l'ho buttato nel fosso, – rispose il soldato anziano. Poi andò a dormire, mentre l'altro si metteva a fare la guardia.

Ed ecco che, prima che l'ora finisca, arriva un altro gigante.

– Che fai qui? – chiede al soldato.

– E dovrei dirlo a te? – risponde quello: e il gigante gli corre addosso, ma il soldato prende la sciabola, e zaffete, gli taglia la testa e lo butta nel fosso, come aveva fatto il suo compagno.

Ma mentre va nella capanna per svegliare il soldato piú giovane, pensa: «Meglio che non dica niente a questo fifone: se sa cosa è successo, scappa come la volpe...».

Cosí, quando il giovane chiede:

– Si è visto qualcuno? – lui risponde:

– Nessuno si è visto. Tutto tranquillo, compare.

Cosí il secondo soldato si mise a dormire, mentre il piú giovane cominciava la guardia.

Non passa un'ora, e arriva un altro gigante, che dice:

– Che ci fai, tu, qui?

– E a te che importa? – dice il soldato giovane.

Il gigante viene avanti per ammazzarlo, ma il soldato prende la sciabola, gli taglia la testa, e lo butta nel fosso. Poi, invece di tornare alla capanna, pensa: «Voglio vedere da dove è venuto questo gigante». E senza avvertire i compagni, si mette in marcia. Cammina cammina, a un certo punto vede una casetta con la finestra illuminata. Si avvicina, avvicina l'occhio al buco della serratura, e vede tre vecchie che stanno parlando.

– È quasi mezzanotte, e i nostri mariti non sono tornati, – dice una delle vecchie. – Forse bisogna andare a cercarli.

– Andiamo, – dice la seconda.

– Io prendo la lanterna che fa vedere fino a cento miglia intorno, – dice la terza.

– E io prendo la spada che quando gira ammazza un intero esercito, – dice la seconda.

– E io prendo il fucile che può uccidere la lupa del palazzo reale, – dice la prima.

E prese quelle tre cose, le vecchie si avviano all'uscita.

Il soldato giovane si prepara, e mano a mano che escono, ziffete, zuffete, zaffete, taglia la testa a tutte e tre prima che possano dire «oh», poi prende lanterna, spada e fucile, e dice:

– Vediamo se era vero quello che dicevano.

Alza la lampada, e vede cento miglia lontano un esercito che combatte, e ancora piú lontano un palazzo, con una lupa incatenata che dorme.

Allora il soldato posa la lampada, fa girare la spada incantata, rialza la lampada, e cosa vede? Tutti i soldati morti.

Allora posa la lampada, prende il fucile, spara, alza la lampada, e cosa c'è? La lupa morta stecchita.

– Voglio andare a vedere da vicino quello che ho fatto, – dice il soldato, e si incammina.

Cammina e cammina, arriva al palazzo. Bussa, entra, nessuno in giro.

– C'è nessuno?

Nessuno risponde.

Il soldato gira le stanze del palazzo, finché arriva in una camera grandissima, e su una poltrona c'è una ragazza bellissima che dorme. Lui dice:

– Com'è bella! Ma chi la sveglia?

Vede che le si è sfilata dal piede una pantofola: la raccoglie e la mette in tasca. Poi le toglie l'anello che porta al dito, leva il velo che le copre la faccia, la bacia, e scappa.

Appena lui è uscito, la ragazza si sveglia, e chiama le damigelle.

– Chi è entrato nella mia camera? – chiede.

– Nessuno, principessa, – rispondono.

E lei:

– Guardate dalla finestra, cosa vedete?

Le damigelle guardano, e vedono tutto l'esercito ammazzato, e la lupa morta, e corrono dalla principessa e le raccontano tutto.

– Andate dal re mio padre, – lei ordina. – Dite che è venuto un coraggioso che ha sconfitto l'esercito, ha ucciso la lupa, e mi ha liberata dall'incantesimo, prendendomi la pantofola, l'anello e il velo!

Il re, quando seppe la

cosa, fu contentissimo, e fece mettere avvisi in tutto il regno, che dicevano:

«Se il salvatore della principessa si presenterà, l'avrà in sposa, anche se è il piú misero straccione».

Intanto il soldato era tornato alla capanna dove aveva lasciato i compagni, e siccome era ormai giorno li svegliò.

– Perché non ci hai chiamati per il cambio di guardia? – chiesero quelli.

– Perché non avevo sonno, – disse il giovane. E lí finí la cosa. Passarono i giorni, e nessuno si presentava al palazzo per sposare la figlia del re.

La principessa disse al padre:

– Padre, facciamo una prova.

– Che prova, figlia mia?

– Mettiamo un'osteria in mezzo alla campagna, con un cartello che dice: «Qui si mangia, beve e dorme, senza pagare».

Il re fece mettere l'osteria, e la principessa si vestí da ostessa.

Dopo tre giorni, per combinazione, i tre soldati arrivano là: i primi due passano senza dire niente, perché non sanno leggere, ma il terzo dice:

– Compagni, qui c'è scritto: «Qui si mangia, beve e dorme, senza pagare».

– Tu ci prendi in giro! – disse un soldato.

– Vi dico che è scritto proprio cosí.

– Allora sono loro che ci prendono in giro! – disse l'altro.

– Entriamo a vedere, – disse il giovane.

– Siamo tre, armati e robusti: se c'è l'inganno, faremo il danno!

– Hai ragione, entriamo! – dissero gli altri, ed entrarono nell'osteria.

– Bene arrivati! – disse l'ostessa. – Cosa volete?

I tre, guardandosi attorno, ordinarono un gran pranzo, e furono serviti. Erano lí a mangiare e bere, quando l'ostessa sedette accanto a loro. – Che mi raccontate di nuovo? Io vivo qui, e non so niente del mondo! – disse.

– Che cosa ti possiamo raccontare? – rispose il primo soldato. – Niente di interessante, tranne il fatto che l'altra notte, mentre facevo la guardia alla capanna dove dormivano i miei compagni, arriva un gigante e dice: «Che ci fai qui?». E io gli taglio la testa e lo butto nel fosso.

– A me è capitata la stessa cosa, uguale uguale, – dice il secondo.

– E a te, cosa è successo? – chiede l'ostessa al piú giovane.

– Cosa vuoi che gli sia successo? – dicono i due soldati piú vecchi. – È cosí pauroso che se sente volare una mosca si mette a scappare e nessuno lo ripiglia!

– Lasciatelo parlare, – disse l'ostessa.

Allora il giovane disse: – Se lo vuoi sapere, anch'io ho tagliato la testa a un gigante.

I due compagni scoppiarono a ridere, e se ne andarono a dormire, lasciandolo solo con l'ostessa.

– Dimmi che altro ti è successo! – chiese lei.

– Niente, niente davvero, – lui rispose.

– Parla pure, adesso non ci sono i tuoi compagni a ridere di te, – disse lei, perché le sembrava che lui tenesse qualche segreto.

Allora lui cominciò:

– Se lo vuoi sapere, dopo aver ammazzato il gigante, mi sono messo in cammino...

E raccontò delle tre vecchie, di lanterna, spada, fucile, esercito, lupa, palazzo, ragazza, pantofola, anello, velo: raccontò ogni cosa, anche del bacio dato alla ragazza addormentata.

L'ostessa, che mano a mano era diventata rossa, chiese alla fine:

– E le cose che hai preso in quel palazzo, le hai ancora?

106

– Certo che le ho, – lui rispose, e mise tutto sul tavolo.

Lei, senza far vedere la sua contentezza, disse: – Bevi ancora un po' di vino, e va' a dormire, perché sei stanco.

E gli versò una gran coppa. Lui bevve, e si addormentò con la testa sul tavolo.

Lei chiamò un servo e disse:

– Portalo nella stanza bella, spoglialo, mettilo a letto, e al posto dei suoi vestiti metti quelli del re.

Poi disse a un altro servo:

– Corri da mio padre, e digli che ho trovato quello che cercavo.

Il mattino dopo, quando il soldato giovane si svegliò, credette di sognare, a trovarsi in quella bella camera. Cerca i suoi compagni, e vede che non ci sono. Cerca i suoi vestiti, e trova gli abiti da re.

«Ci dev'essere uno sbaglio» disse fra sé, e suonò il campanello d'argento che stava sul comodino.

Arrivano tre servitori in livrea, e dicono:

– Cosa comandi, maestà? Hai riposato bene, maestà?

Lui li guarda. – Siete impazziti? Che maestà e maestà, ridatemi i miei vestiti e finiamo la commedia!

– Fatti pettinare, maestà, – dicono quelli. – Fatti vestire, maestà.

Il soldato pensò di scappare, ma non poteva senza vestiti, e cosí si lasciò mettere i panni da re, sbarbare e pettinare, bevve la cioccolata, mangiò le paste e i confetti che gli portarono, e si divertiva come un matto, perché pensava che tutto fosse uno sbaglio.

– Posso vedere i miei compagni, adesso? – chiese alla fine.

– Subito, maestà, – risposero i servitori.

I due sodati entrano in camera, e quando lo vedono vestito a quel modo, dicono:

– Ma che cosa hai combinato, compare?

– Non ne so niente, – lui risponde. – Stamattina mi sono svegliato qui, ho trovato questi vestiti e questi servi, che mi hanno vestito, sbarbato e pettinato, e portato una colazione da principi.

– Devi aver detto un sacco di frottole, ieri sera con l'ostessa! – disse uno dei compagni.

– Io non ho inventato nessuna frottola! – lui rispose.

– Ma cosa è capitato, allora? – disse l'altro compagno.

In quel momento entrò il re, con la figlia vestita da principessa.

– Ve lo racconto io, cos'è capitato! – disse il re, e racconta che la figlia era stregata, e che il giovane l'ha liberata, cosí e cosí.

– Per questo lo faccio re, e gli do mia figlia in sposa, – disse alla fine. – E voi, sarete ge-

nerali del mio esercito, perché siete stati suoi
buoni compagni.

Figuratevi la contentezza dei soldati: ci furono le nozze piú belle del mondo, e vissero
tutti felici contenti,

e a me, che ve l'ho raccontata,
solo un'aringa magra è stata data.

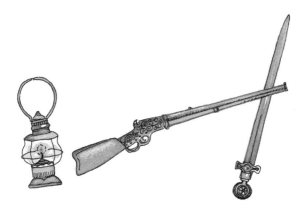

Petin Petè

Petin e Petè vanno a raccogliere nocciole. Petin ne raccoglie un sacco. Petè le mangia, e ne restano quattro.

Petin dice a Petè:

– Andiamo a casa.

Petè risponde:

– Non vengo a casa con quattro nocciole!

Petin chiama il cane:

– Vieni a mordere Petè,

che non vuole tornare a casa con quattro nocciole.

Il cane dice:

– Io no che non lo morsico.

Petin va dal bastone:

– Bastone, bastona il cane

che non vuole mordere Petè,

che non vuole tornare a casa con quattro nocciole.

Il bastone dice:

– Io no che non lo bastono!

Petin va dal fuoco:

– Fuoco, brucia il bastone
che non vuole bastonare il cane
che non vuole mordere Petè
che non vuole tornare a casa con quattro
nocciole.
Il fuoco dice:
– Io no che non lo brucio!
Petin va dall'acqua:
– Acqua, spegni il fuoco
che non vuole bruciare il bastone
che non vuole bastonare il cane
che non vuole mordere Petè
che non vuole tornare a casa con quattro
nocciole.
E l'acqua dice:
– Io no che non lo spengo!
Petin va dal bue:
– Bue, bevi l'acqua
che non vuole spegnere il fuoco

che non vuole bruciare il bastone
che non vuole bastonare il cane
che non vuole mordere Petè
che non vuole tornare a casa con quattro nocciole.

    E il bove dice:

    – Io sí che la bevo.

    Allora l'acqua corre per spegnere il fuoco,
ma il fuoco corre per bruciare il bastone,
ma il bastone corre per bastonare il cane,
ma il cane corre per mordere Petè,
che corre a casa con le quattro nocciole.

La Tinchina d'alto mare

C'era una volta un povero pescatore con una moglie sempre malcontenta. La pesca era scarsa, le reti vecchie e la barca malandata: ma la moglie, invece di aiutare, si lamentava tutto il giorno e la notte.

Il pescatore fingeva di non sentire, e ogni mattina si alzava prestissimo, usciva in barca, e poi portava al mercato il poco pesce pescato, e se ne tornava a casa con i granchiolini e i pesciolini che nessuno aveva voluto, per la zuppa: e la moglie, cucinando, giú a insultarlo e maltrattarlo per la loro miseria.

Ci fu una notte in cui il pescatore, non sopportando le lamentele della moglie, decise di uscire in mare di notte. Si spinse piú lontano del solito dalla costa, gettò la rete, e quando il cielo cominciò a schiarire la tirò su. Questa volta il pesce era piú abbondante, e in mezzo agli altri ce n'era uno bello e guizzante, di un colore argentato quasi luminoso.

Il pescatore lo prese in mano, e il pesce disse:
– Sono la Tinchina d'alto mare: lasciami andare e non ti pentirai!
Il pescatore era sbalordito, e pensò a quante monete avrebbe guadagnato vendendo quel pesce parlante al ricco signore che viveva in un palazzo vicino al porto.
– Sono la Tinchina d'alto mare, – riprese a dire il pesce. – Se mi liberi, esaudirò tre tuoi desideri!
Il pescatore era sempre piú sorpreso, poi disse:
– Come primo desiderio, Tinchina, vorrei pescare tanto tutti i giorni. Come secondo...
– Aspetta! – lo interruppe la Tinchina d'alto mare. – Non sprecare subito tutti i de-

sideri! Ora lasciami andare, getta la rete, e vedrai!

Il pescatore la mise in acqua, gettò la rete, e subito sentí che pesava: aspettò ancora un poco, e quando la trascinò a bordo non aveva mai visto tanto pesce tutto insieme. Tornò a fatica al porto, e vendette tutto il pesce, e fece un buon guadagno.

Arrivato a casa con la borsa piena di denaro e buone cose da mangiare, rese la moglie allegra e persino gentile.

Passò il tempo: il pescatore comprò nuove reti, fece riparare la barca, e la moglie si mise in ghingheri, e la casa era tutta rinnovata.

Però la moglie, a cui il pescatore non aveva detto niente della Tinchina, continuava notte e giorno a interrogarlo, a voler sapere, finché lui cedette, e le raccontò ogni cosa. Da quel momento, tutto il giorno e la notte, la moglie gli diceva:

– E gli altri due desideri, marito? Certo abbiamo la casa bella, ma è piccola. Certo hai la barca aggiustata, ma potresti averne una piú grande! E in casa potremmo avere servitori, e in barca potresti avere marinai, e noi potremmo goderci la vita senza lavorare tutti i giorni!

E parla, e chiedi, e insisti, e batti, una notte il pescatore, per la disperazione, prese la barca e uscí in mare, e si spinse piú lontano, e quando arrivò l'alba disse, con la faccia vicino alla superficie del mare:

– Tinchina, Tinchina, mi senti? Dei due desideri, ti rammenti?

Dopo un po' ci fu un guizzo fra le onde, e apparve il muso della Tinchina.

– Qual è il tuo desiderio? – disse il pesce d'argento.

– Mia moglie dice che staremmo meglio in una casa piú grande, con una barca nuova, e servitori per la casa, e marinai per la barca, per non stare piú a faticare...

– Ogni promessa è debito, – disse la Tinchina d'alto mare. – Anche questo desiderio sarà esaudito –. E scomparve nell'acqua.

Il pescatore gettò la rete, prese il solito pesce abbondante, tornò a riva, e lí c'erano due marinai ad aspettarlo, che dissero:

– Va' pure a casa, padrone: il pesce al mercato lo portiamo noi, e lo venderemo al giusto prezzo. E guarda che bella la tua barca nuova!

Lí vicino, a galleggiare, c'era la piú bella e grande barca da pesca che il pescatore avesse mai veduto.

Stordito per la sorpresa andò a casa, e cosa si trovò davanti? Un palazzotto con i balconi fioriti, e un campanello con il cordone dorato, e due fantesche a sbattere tappeti sul terrazzo, e la moglie che alla finestra rideva, e diceva:

– Vieni, vieni a vedere, marito caro!

Dentro, una meraviglia: tante stanze con tende e tappeti, mobili, specchi, e altre due serve a cucinare e pulire, e la moglie, sempre ridendo, diceva:

– Visto che ci voleva, il secondo desiderio?

E passò il tempo, ma invece di essere felice, il pescatore si sentiva scontento. I marinai litigavano fra loro, la barca nuova era difficile da mantenere. A casa la moglie comandava e sgridava le serve, e la sera era stanca a forza di sgridare.

Una sera il pescatore disse alla moglie:

– Moglie, sii sincera: ti sembra che questa sia una buona vita?

Lei lo guardò, ci pensò, e rispose:

– Marito, sono sincera: non mi sembra una buona vita. Cosa possiamo fare?

Pensa e pensa, decisero di chiedere alla Tinchina d'alto mare di avere abbastanza pesca, barca e casa da vivere del loro lavoro, e di riprendersi tutto il resto, perché li faceva disperare.

Quella notte il pescatore uscí in barca, e remò verso il largo a lungo. C'era la luna, e l'acqua era tutta d'argento.

– Tinchina, Tinchina, mi senti? Del terzo desiderio ti rammenti? – disse a bassa voce il pescatore.

Nell'argento dell'acqua di luna ci fu un guizzo, e si sentí la voce della Tinchina:

– Eccomi qui, pescatore. Ogni promessa è debito. Che vuoi?

– Tinchina, Tinchina, ho sbagliato a chiederti tutte quelle cose: il mio ultimo desiderio è che tu lasci a me e mia moglie quello che ci basta per vivere del nostro lavoro.

– È già esaudito, – disse la Tinchina, e con un guizzo scomparve nell'argento di luna, mentre il pescatore lanciava la sua rete in acqua, con il cuore sereno.

La capra ferrata

Una vedova disse al figliolo: – Vado a fare il bucato: sta' in casa e tieni l'uscio chiuso, perché potrebbe entrare la capra ferrata, bocca di ferro e lingua di spada.

Ma il bambino volle andare a trovare la mamma: uscí e lasciò la porta aperta. A metà strada se ne ricordò. Torna indietro e dentro c'è la capra ferrata, che dice: – Sono la capra ferrata: se entri ti affetto come una rapa! – Lui si mette a piangere.

Passa una vecchia: – Perché piangi, piccolo?

– C'è in casa la capra ferrata, e non so mandarla via.

– Cosa mi dai se la mando via io?

– Mia madre ti darà quello che vorrai.

– Vorrò tre staia di grano.

– Va bene.

La vecchia va alla porta e bussa.

– Chi è? – dice la capra.

– Sono io! – dice la vecchia.

– E io sono la ca-
pra ferrata: se entri
ti affetto come una
rapa!

Allora la vec-
chia dice al bam-
bino: – Non voglio
piú le tre staia di
grano: la capra non
la mando via, – e se
ne va.

Il bambino pian-
ge, piange.

Passa un vecchio e dice: – Perché piangi?

– Ho in casa la capra ferrata, e non so come mandarla via!

– Se mi dai quattro formaggi, la mando
via io.

– La mia mamma te li darà.

Il vecchino va alla porta e grida:

– Chi c'è dentro?

– Sono la capra ferrata: se entri ti affetto
come una rapa!

E il vecchio dice: – Non voglio piú i formaggi: io la capra non la scaccerò.

Il bambino piange, piange.

Passa un uccellino: – Perché piangi?

– M'è entrata la capra ferrata, non so mandarla via.

– Cosa mi dai se la mando via io?

– Mia madre ti darà quello che vuoi.

– Voglio tre staia di pane.

– Va bene.

L'uccellino va alla porta e dice: – Chi c'è qui dentro?

– Sono la capra ferrata: se entri ti affetto come una rapa!

E lui: – E io col becco, ti faccio un buco secco!

E la capra ferrata si spaventò, e scappò via, e l'uccellino ebbe il suo pane: e noi che abbiamo? Questa storia, per tenerla a memoria.

L'orco

C'era una volta un padre con tre figliole: erano cosí poveri da aver sempre fame.

Un giorno l'uomo chiamò la maggiore: – Maria, non dovrei chiedertelo, ma te lo chiedo: va' nell'orto dell'orco, che ha intorno un muro troppo alto per le mie vecchie gambe, e metti nel paniere un po' di verdura e di frutta da mangiare.

Maria prese il paniere e a mezzanotte andò al muro, scavalcò, e al buio colse un po' d'insalata, qualche rapanello, delle mele, e quando il paniere fu pieno andò al muro e cominciò a salire. Ma ecco qualcuno la toccò sulla spalla, lei si voltò, e vide l'orco, che disse: – Sei venuta a rubare, non ti lascerò piú andare!

La portò nella casa, tutta tremante, e le disse: – Sei prigioniera, però qui puoi girare dappertutto, con queste chiavi. Ma in quella stanza laggiú non devi andare, capito? E poi, io domattina parto: prendi queste tre

palle d'oro, quando tornerò me le devi mo-
strare, capito?

– Capito, capito, – disse lei, prese le chiavi e le palle d'oro, e al mattino, quando l'orco partí, cominciò a girare per la casa, che
aveva cinquanta stanze, e con le chiavi entrò
in tutte: saloni, salotti, cucine, camere da letto. A un certo punto si trovò davanti alla porta della stanza proibita, e fu talmente curio-
sa che prese la chiave giusta e aprí. Subito
non vide niente, tanto era buio, poi vide che
c'era un poco di luce di finestrella, e un vecchio armadio, tutto sciupato e pieno di ra-
gnatele. Maria cercò di aprirlo, ma non riusciva: nello sforzo una delle palle d'oro le
cadde di tasca e finí sotto l'armadio: lei a ta-
stoni la riprese, ma quando la guardò vide
che era macchiata di sangue.

Corse via, chiuse la stanza a chiave e andò
a lavare la palla: ma piú lavava e strusciava,
piú spazzolava e sciacquava, piú la macchia
s'ingrandiva. Tornò l'orco: – Fammi vedere
le palle d'oro!

Lei tremando le mostrò, e lui vide quella
macchia. Allora prese Maria per i capelli, la
portò nella stanza segreta, aprí l'armadio e
ce la buttò: di Maria chi seppe piú niente?

Intanto, a casa, i giorni passavano e Maria
non tornava, e il padre piangeva. Chiamò la
seconda figlia: – Assunta, se potessi scaval-

care quel muro lo scavalcherei: va' a vedere cosa è successo a tua sorella...

Assunta disse sí, a mezzanotte scavalcò il muro, trovò il paniere della sorella, con dentro mele e rapanelli avvizziti, girò per l'orto, chiamando piano: – Maria, Maria! Sono Assunta!

Nessuno rispondeva. Allora fece per scavalcare, ma una mano pelosa la fermò: l'orco la portò a casa, le diede le chiavi, disse dove poteva andare e dove non poteva andare, diede le tre palle d'oro, che le avrebbe chiesto al ritorno, e poi all'alba se ne andò. E Assunta si mise a girare le cinquanta stanze, e le venne voglia di entrare in quella proibita, entrò, vide l'armadio, si abbassò per vedere come aprirlo, una palla le scivolò sotto, lei la prese, e c'era la macchia di sangue. Corse fuori, chiuse la stanza, lavò la palla d'oro: ma piú lavava, strofinava, sciacquava, piú la macchia di sangue si vedeva: piú strusciava, graffiava, sfregava, piú la macchia s'ingrandiva. E tornò l'orco: – Assunta, fammi vedere le palle d'oro!

Lei le mostrò, tremando, e lui vide quella insanguinata: allora prese Assunta per i capelli, la portò nella stanza, la buttò nell'armadio, e chi vide piú Assunta?

Il padre, a casa, era disperato. Chiamò l'ultima figlia: – Caterina, ho mandato a morire le tue sorelle: tu resterai sempre con me!

Ma Caterina, che era molto coraggiosa, disse: – Babbo, vado a vedere.

Lui non voleva, ma mentre dormiva, di notte, lei andò al muro, scavalcò, vide il paniere con la frutta seccata, girò, dicendo piano: – Maria! Assunta! Sono Caterina!

Niente: ma quando fece per andarsene, ecco l'orco, che la portò a casa, le diede le chiavi, disse dove poteva e dove non poteva andare, le diede le tre palle d'oro che le avrebbe chiesto al ritorno e se ne andò all'alba. E Caterina guardò le palle d'oro e pensò: «Come son lucide: non vorrei che si sporcassero!».

Andò nella sua stanza e le mise in un cassetto, poi visitò tutta la casa, decise di entrare nella stanza proibita: aprí la porta, tutto buio, poi vide l'armadio, e cominciò a tirare il catenaccio, ma non s'apriva, allora andò a prendere un coltellaccio in cucina, e con quello, dài e dài, la serratura dell'armadio saltò: e dentro, mamma mia, c'era un pozzo buio e fondo, tutto nero. Lei, tenendosi alle ante, si sporgeva ad ascoltare, e sentí una vocina:

– Aiutoooo! – Era la voce di Maria.

– Maria, Maria, sono Caterina! Ora ti tiro su in qualche modo, aspetta!

La ragazza corse per la casa, in solaio trovò un baule con dentro una corda grossa e lunga, la prese e tornò giú, si legò la corda alla vita e gettò l'altro capo nel pozzo e gridò: – Maria, attaccati alla corda, che ti tiro su!

E tira e tira, tirò su la Maria. Si abbracciarono.

– E Assunta?

– È laggiú, sta per morire! Sapessi che orrore: ci sono scheletri, acqua e topi!

Gettarono la corda: – Assunta, attaccati alla corda, che ti tiriamo su!

Assunta, con le ultime forze, s'attaccò e venne fuori. Allora richiusero l'armadio, la stanza, e Caterina fece fare alle sorelle un bagno, diede loro da mangiare caldo e bere buono.

Maria disse: – Che facciamo, quando torna l'orco?

– Mettetevi sotto il letto, e lasciatemi fare, – disse Caterina.

Loro si nascosero, Caterina prese dal cassetto le palle d'oro: quando l'orco arrivò gliele chiese, e le vide lustre.

– Bene, Caterina! Siccome sei stata brava, stasera avrai l'onore di cenare con me, sei contenta?

Lei disse sí, e alla sera si misero a tavola; lui mangiava e beveva, e disse: – Ti dirò una cosa che nessuno sa: io non muoio mai!

– Davvero? Ma tutti dobbiamo morire prima o poi! – lei disse.

– Io no, perché la mia anima è in un guscio d'uovo, ben nascosto: ecco perché non morirò!

– E sei sicuro che l'uovo è davvero nascosto bene? – disse lei. – Perché sai, potrebbe entrarci un po' di polvere, e l'anima ammalarsi... Bisognerebbe vedere se è pulito!

L'orco, che si fidava di lei, andò a un armadio, prese una chiave, aprí: c'era uno scrigno d'argento, aprí anche quello, c'era dell'ovatta e nell'ovatta c'era un guscio d'uovo.

– Vedi com'è bello pulito? – disse mostrandolo a Caterina.

– Ma no, – disse lei. – C'è un puntolino, qui sopra!

L'orco si chinò per guardare, e allora Caterina si alzò, prese la sedia, e BUM, la picchiò sulla testa dell'orco, e la testa dell'orco schiacciò l'uovo e la sua anima se ne andò, e lui restò stecchito.

Allora Caterina chiamò le sorelle, insieme presero l'orco, lo sotterrarono nell'orto, poi fecero le grandi pulizie alla casa, che diventò un palazzo lucente, e col padre vissero lí, tutte contente.

La Bella e la Brutta

C'era una volta un uomo vedovo da poco, che viveva con la sua figliola. Passa un anno, ne passano due, il vedovo pensò di risposarsi, perché da solo non ce la faceva: e sposò una donna che aveva una figlia.

Quella donna era tanto cattiva che alla sua figliola voleva bene, a quella del vedovo faceva sgarbi e dispetti.

Passa il tempo, la figlia del vedovo si lamentava, ma il padre non le credeva: e cosí le cose piú belle erano per la figlia della matrigna, mentre a lei toccava stare in camera a setacciare la cenere.

Un giorno la matrigna dice: – Domattina alzati presto, e va' a pascolare le pecore.

– Lo farò, mamma.

Ma al mattino, quando la svegliò alle quattro, la matrigna le disse: – Quando torni a casa, a mezzogiorno, devi aver filato questi due sacchi di stoppa.

– Ci proverò, mamma.

La ragazza partí con i due sacchi di stoppa, e le pecore, e quando trovò un bel prato verde le mandò a pascolare, e sedette a filare: e fila fila fila, la stoppa è tanto ingarbugliata che non riesce a filarla abbastanza in fretta, e allora si mette a piangere.

– Perché piangi, bellina? – chiede un vecchietto che passa di lí.

– Perché devo filare questa stoppa, ma non ci riesco: e la mia matrigna mi picchierà.

– Pettinami un po', – disse il vecchietto.

– Lo farei volentieri, nonnino, ma il mio lavoro?

– Pettinami, e non ci pensare.

E cosí la ragazza lo pettinò, e intanto lui diceva: – Rocca rocca fila la stoppa, rocca rocca fila la stoppa, – e infatti la stoppa veniva filata. – Cosa c'è fra i miei capelli? – chiedeva il vecchino.

– Oro e argento, – lei rispondeva, e lui: – Oro e argento avrai.

E poi ancora: – Cosa c'è fra i miei capelli?

– Oro e argento.

– Oro e argento avrai.

Alla fine la rocca aveva filato tutta la stoppa: ed era l'ora di tornare a casa. La ragazza ringraziò il vecchietto, e stava per andare, ma lui le diede una mela, dicendo: – Non la mangiare, gettala nel pozzo davanti a casa: crescerà un melo che darà frutti, e tu sola li

potrai raccogliere. Se tu dirai: «Chinati melo, che devo prenderne», il melo si abbasserà
e tu potrai cogliere i suoi frutti. Ma ricorda,
solo per te il melo si chinerà.

La ragazza tornò a casa, e prima di entrare gettò la mela nel pozzo, e subito spuntò il
melo piú bello e pieno di frutti che mai si sia
veduto. Quando la ragazza entrò, la matrigna disse:

– Hai filato?

– Sí, mamma.

– Allora domattina ne filerai due sacchi e
mezzo.

– Mamma, domattina mandaci mia sorella, cosí io potrò aiutarti nei lavori di casa.

La matrigna accettò, e il mattino dopo svegliò la sua figlia: però alle sei e non alle quattro, e le diede solo mezzo sacco di stoppa da
filare.

Quando la figlia della donna arrivò al prato, fila fila fila, non riusciva a sbrogliare. Arriva il vecchietto: – Mi pettini, bellina?

E lei: – Vattene, schifoso.

E lui: – Come tu vuoi, bellina, – e se ne
andò.

Senza aver finito di filare, a mezzogiorno,
la ragazza radunò le pecore e tornò a casa: e
la mamma non la sgridò.

Il giorno dopo toccava alla figlia del vedovo: la matrigna la svegliò alle quattro, e le

diede tre sacchi di stoppa da filare. Lei andò nel prato, piangendo, e diceva: – Che brutta vita è la mia! – e si mise a filare, ed ecco il vecchino dell'altra volta.

– Mi pettini, bellina?

– Ma sí, nonnino.

E mentre era pettinato, lui diceva: – Rocca rocca fila la stoppa, – e la stoppa si filava. E lui chiedeva: – Cosa c'è fra i miei capelli?

– Oro e argento.

– Oro e argento avrai.

A mezzogiorno, con la stoppa tutta filata, lei stava per tornare, ma lui disse: – Per strada sentirai cantare il gallo: non ti voltare fino al terzo canto: allora voltati.

– Lo farò, nonnino, ma perché?

– Fidati di me.

Lei partí, e poco dopo sente il gallo, ma non si volta. E il gallo canta ancora, ma lei niente. Il gallo canta la terza volta, e lei si volta: ed ecco le si stampò in fronte una stella d'oro tutta brillante.

Quando fu a casa, la matrigna la vide e disse:

– Che cosa è successo? Dimmelo.

– Non so cosa è successo, – disse la ragazza.

– Ma non vedi la stella che hai in fronte? Guardati allo specchio!

La ragazza si guardò e disse: – Forse è stato quel vecchietto: altro non so.

La matrigna disse: – Ah, sí? E che mi dici di quel melo nel pozzo? Stamattina volevo raccogliere le sue mele bellissime, ma lui ha alzato tutti i rami!

– Se vuoi quelle mele, mamma, dillo a me: le vado io a cogliere.

– Ah, davvero? – disse la matrigna, e non ci credeva. Allora la ragazza andò al melo e disse: – Chinati melo, che devo prenderne, – e il melo abbassò i rami, e lei prese i frutti.

La matrigna, tutta rabbiosa, disse alla sua figliola: – Domattina andrai tu al pascolo, e farai tutto quello che il vecchietto ti dirà, – e al mattino non le diede nemmeno un filo di stoppa perché potesse fare tutto quello che il vecchino le avrebbe chiesto. La ragazza andò al prato.

– Mi pettini, bellina? – chiese il vecchino, passando di lí.

– Ma certo, vieni, vieni, – lei rispose, e cominciò a pettinarlo, facendogli dietro molte smorfie.

– Che c'è fra i miei capelli? – lui chiese.

E lei: – Pidocchi e lendini in quantità!

E lui: – Pidocchi e lendini avrai!

Quando lo ebbe pettinato, lei disse: – Cosa mi dài? A mia sorella hai dato qualcosa: e a me?

– Ma certo, – lui disse, – a ognuno quel che merita: sappi che per strada sentirai un asino ragliare. Lascia che ragli, e voltati solo alla terza volta, e sarai premiata.

Quando fu in viaggio, la ragazza sentí un asino ragliare, e non si voltò: ma alla seconda volta non poté resistere, e si voltò, e subito le spuntò una coda di cavallo in mezzo alla fronte, lunga fino ai piedi, piena di pidocchi e lendini, tutta puzzolente. E lei tentava di strapparla: ma la coda era attaccatissima, e non si staccava: e lei tornò a casa facendo grandi pianti. Quando la madre la vide con quella coda in fronte, gridò: – Ma cosa è successo?

E la figliola, piangendo, le raccontò tutto, e la madre: – Ah, non hai risposto come dovevi! Ma vedrai che rimedieremo!

Qualche giorno dopo passò un gran cavaliere, e chiese qualche bella mela per rinfrescarsi. La matrigna chiamò sua figlia: le aveva rasato la fronte, messo la cipria, e nascosto la coda sotto un fazzoletto, e le disse: – Di' al melo: «Chinati melo che devo coglierne».

La ragazza lo disse, ma il melo nemmeno si muoveva, e se lei alzava il braccio, lui alzava i rami.

Allora ci provò la madre, ma fu lo stesso.

– Come, – disse il cavaliere. – Avete un melo cosí bello e non sapete cogliere i frutti?

– Mia sorellastra ci riesce! – disse la figlia della matrigna.

– Andatela a chiamare, – disse il cavaliere.

– Oh, è cosí sporca di cenere! – disse la matrigna.

– Non importa, fatela venire.

Allora la matrigna andò dall'altra ragazza, la sporcò ancora piú di cenere, gliene mise anche sulla stella d'oro, e le legò in testa un fazzolettaccio. Lei uscí, e il cavaliere disse: – Puoi prendermi una mela?

Lei andò sotto l'albero e disse: – Chinati melo, che ne devo cogliere.

E il melo si chinò fino all'orlo del pozzo, e lei prese i frutti piú belli, e li diede al cavaliere.

– Vorrei vederti ancora, – disse lui, ma la matrigna gridò: – No, ha sempre da lavorare! Anche adesso, su, vattene in casa, svelta! – e la mandò via.

Il giovane, che era il figlio del re, tornò al castello e raccontò al padre quello che aveva visto.

– Ma come, adesso vuoi una contadina? – disse il re, e il principe: – Sí, la voglio sposare, – e il re: – Se è per la tua felicità, te lo concedo.

Il principe andò di corsa alla casa, e bussò. Si affaccia la matrigna. – Che vuoi, mele?

– No, la tua figliola.

La matrigna veste per bene la sua figlia brutta, e la porta fuori, ma il principe dice: – Non questa, l'altra.

– Ma è tutta sporca, e lavora!

– Falla venire lo stesso.

Malvolentieri la matrigna fece uscire la ragazza, che era vestita di stracci.

– Ascolta, – le disse il principe. – Mi vuoi sposare?

– Sposarti io? Cosí stracciona? È impossibile! – lei diceva.

Ma lui: – Proprio te voglio sposare: se mi dici di sí, fra otto giorni torno con una carrozza, e andiamo a nozze.

E lei gli disse: – Allora sí: ti aspetto fra otto giorni.

In quegli otto giorni, la matrigna pensò e ripensò, poi chiamò una parrucchiera e le affidò sua figlia per pettinarla, aggiustarla, farle questo e quello in modo che assomigli alla sorella. E quando il principe mandò i vestiti per la sposa, la matrigna li fece indossare alla sua figliola, dopo aver spedito l'altra a badare ai passeri. «Quando il principe vedrà la mia, cosí ben ornata e nascosta dal velo, crederà che sia l'altra, e la sposerà: e quando l'avrà sposata non potrà tornare piú indietro!», cosí pensava.

Poco dopo arriva il principe in carrozza, vede la sposa vestita e velata e va via con lei, senza sapere che non è quella che vuole. Ma, andando per la campagna, passarono vicino al campo dove stava la figlia bella, e il principe

sentí una voce che cantava cosí: – Passeri, passeri, volate via, che la gioia sarà sua e non mia!

– Chi canta cosí? – chiese il principe.

– Oh, una matta dei campi, non ci badare! – disse la figlia della matrigna.

Ma ecco ancora la voce: – Passeri, passeri, andate in cielo, perché io non ho messo il velo!

Il principe era sempre piú curioso, e fece fermare la carrozza.

– Arriveremo tardi, il re ci aspetta! – diceva la brutta vestita da sposa.

– Zitta, voglio ascoltare, – e il principe sentí:

– Passeri, passeri, battete le ali, perché volevo beni e invece ho mali!

Allora il principe scese dalla carrozza, saltò una siepe, e trovò la figlia del vedovo: era lei che cantava. La riconobbe. – Perché sei qui? – le chiese, e lei raccontò tutto quello che aveva fatto la matrigna. Allora lui la prese per mano, saltarono la siepe, salirono in carrozza. – Togliti subito quel vestito! – disse il principe alla brutta. – Non è per te!

E quella fu spogliata fino ai piedi, e gettata fra le spine, a piangere e tremare.

Il principe e la bella andarono a sposarsi: intanto sul tetto della casa della matrigna c'era un uccellino che ripeteva: – Maicca maiosa, tua figlia è spinosa, e l'altra va sposa!

– Vattene, sciocco: è mia figlia che sta andando a sposarsi! – diceva la vecchia.

– Maicca maiosa, tua figlia è spinosa, e l'altra si sposa! – continuava l'uccellino.

Allora la vecchia lo inseguí con la scopa, e lui scappava cantando: – Maicca maiata, tua figlia è spinata, e l'altra si è sposata!

Ed ecco arriva una donna di campagna, che dice alla vecchia: – Ma che fa tua figlia, tutta nuda fra le spine?

Allora la vecchia andò a vedere, e trovò la figlia fra le spine. La coprí alla meglio, la portò a casa, e le fece raccontare quello che era successo: e la figlia raccontò. E poi tutte e due piansero a sciupaciglio, a seccanaso, a sciugalocchio, mentre la bella e il principe, ormai sposati, erano molto felici, e vola il passero, e strisciano le bisce, e la mia storia qui finisce.

L'ortolano che la fece al Diavolo

Un ortolano che non aveva terra andò dal Diavolo e gli disse: – Ce l'hai della terra da farmi coltivare? Tu ti prenderai metà del coltivato, e io l'altra metà.

Il Diavolo disse: – La terra ce l'ho, e te la do da coltivare: ma cosa ci metterai a crescere, tu che sei un esperto ortolano?

E l'ortolano disse: – Metterò delle rape.

Le rape furono seminate, e crebbero bene: le rape sotto terra e le foglie sopra.

– Tu che metà vuoi del raccolto? Quella sopra o quella sotto? – chiese il contadino. Il Diavolo, vedendo i bei cespugli, disse: – La metà sopra!

Il contadino andò, prese le rape, e diede le foglie al Diavolo, che restò a vederle seccare, e pensò: «Ah, quel furbo me l'ha fatta! Ma la prossima volta non me la farà!».

La volta dopo il contadino piantò delle verze: e alla crescita disse al Diavolo: – Vuoi la metà sotto o quella sopra?

– Quella sotto! – rispose il Diavolo, con la faccia da furbo: e gli toccarono le radici, e guardandole annerire all'aria disse: – Ah, quel contadino mi ha giocato un'altra volta: ma stanotte la vedremo: lo vado a prendere e lo porto all'Inferno!

Il contadino, che lo aveva sentito, andò a casa disperato e disse alla moglie: – Questa notte viene Satana a portarmi via!

E la moglie rispose: – Niente paura, ci penso io.

Andò dal macellaio, e gli chiese una scodella di sangue fresco, poi, quando suonò la mezzanotte, si mise dietro la porta di casa, stesa per terra, col sangue addosso.

Arriva il Diavolo, entra senza bussare, e la vede lí per terra, insanguinata.

– Che succede? – domanda.

– Oh, signor Satanasso, non venire avanti, che il mio marito è diventato matto, e mena una scure di qua e di là, e mi ha mezza ammazzata!

Vedendo tutto quel sangue il Diavolo si spaventò, e pensò di svignarsela in fretta.

E moglie e marito, appena lui se ne fu andato, si misero a far baldoria: e mangia e bevi, fu una scorpacciata, ma io, che ero lí, non l'ho nemmeno assaggiata.

Indice

Mille fiabe d'Italia

p. 7   L'uccello verde

16   La Gatta Cenerentola

24   Le due pizzelle

31   L'aiutante fedele

38   Il re e la figlia furba del sarto

44   Il nano

49   La fiaba del Morettino

59   Il mago del mondo di sotto

67   I doni della fortuna

76   Sette paia di scarpe di ferro

84   La regina delle tre montagne

91   Il vaso di mentuccia

99   I tre soldati

110   Petin Petè

113   La Tinchina d'alto mare

119   La capra ferrata

122   L'orco

129   La Bella e la Brutta

140   L'ortolano che la fece al Diavolo

Einaudi Ragazzi

Storie e rime

1 Mario Lodi, *Bandiera*

2 Mario Lodi e i suoi ragazzi, *Cipí*

4 Mario Rigoni Stern, *Il libro degli animali*

7 Gianni Rodari, *Prime fiabe e filastrocche*

9 Gianni Rodari, *La torta in cielo*

14 Gianni Rodari, *Favole al telefono*

17 Gianni Rodari, *Il libro degli errori*

19 Mario Lodi, *Bambini e cannoni*

20 Gianni Rodari, *La gondola fantasma*

24 Gianni Rodari, *Fiabe e Fantafiabe*

25 Francesco Altan, *Kamillo Kromo*

28 *La storia di Pik Badaluk*

32 Gianni Rodari, *Gli affari del signor Gatto - Storie e rime feline*

33 *Favole di Esopo*

34 Gianni Rodari, *Novelle fatte a macchina*

35 Pinin Carpi, *C'è gatto e gatto*

36 Jill Barklem, *Il mondo di Boscodirovo*

37 Helme Heine, *Il libro degli Amici Amici*

38 Gianni Rodari, *Storie di Marco e Mirko*

39 Gianni Rodari, *Le favolette di Alice*

44 Gianni Rodari, *Zoo di storie e versi*

45 Bianca Pitzorno, *L'incredibile storia di Lavinia*

46 Nicoletta Costa, *Gatti Streghe Principesse*

47 Pinin Carpi, *Nel bosco del mistero - Poesie, cantilene e ballate per i bambini*

49 Gianni Rodari, *Versi e storie di parole*

52 Gianni Rodari, *I viaggi di Giovannino Perdigiorno*

53 Roberto Piumini, *Fiabe per occhi e bocca*

54 L. Gandini / R. Piumini, *Fiabe lombarde*

55 Gianni Rodari, *Il gioco dei quattro cantoni*

56 L. Gandini / R. Piumini, *Fiabe siciliane*

57 Gianni Rodari, *Il Pianeta degli alberi di Natale*

59 Bianca Pitzorno, *Streghetta mia*

60 Angela Nanetti, *Le memorie di Adalberto*

65 Gianni Rodari, *Filastrocche in cielo e in terra*

66 H. Bichonnier / Pef, *Storie per ridere*

67 Beatrice Solinas Donghi, *Quell'estate al castello*

69 Gianni Rodari, *Marionette in libertà*

70 Gianni Rodari, *Il secondo libro delle filastrocche*

72 Roberto Piumini, *Dall'ape alla zebra*

74 Gianni Rodari, *Altre storie*

75 Jill Barklem, *Un anno a Boscodirovo*

77 Gianni Rodari, *Agente x.99: storie e versi dallo spazio*

79 Roberto Piumini, *Lo stralisco*

80 Colin e Jacqui Hawkins, *Storie di mostri e di fantasmi*

81 Gianni Rodari, *Fra i banchi*

84 Roberto Piumini, *Mattia e il nonno*

86 Roberto Piumini, *Motu-Iti - L'isola dei gabbiani*

87 Gianni Rodari, *C'era due volte il barone Lamberto*

89 Nicoletta Costa, *Storie di Teodora*

94 Roberto Piumini, *Denis del pane*

95 L. Gandini / R. Piumini, *Fiabe toscane*

96 Angela Nanetti, *Mio nonno era un ciliegio*

99 Mino Milani, *La storia di Tristano e Isotta*

101 Roberto Piumini, *Il segno di Lapo*

102 Mino Milani, *La storia di Dedalo e Icaro*

106 Daniel Pennac, *Kamo - L'agenzia Babele*

111 Mino Milani, *La storia di Ulisse e Argo*

112 Lella Gandini, *Ninnenanne e tiritere*

113 Christine Nöstlinger, *Mamma e papà, me ne vado*

114 Nicoletta Costa, *Storie di Margherita*

115 Pinin Carpi, *Il mare in fondo al bosco*

116 Ian McEwan, *L'inventore di sogni*

118 L. Gandini / R. Piumini, *Fiabe venete*

119 Beatrice Solinas Donghi, *Il fantasma del villino*

124 Mino Milani, *La storia di Orfeo ed Euridice*

126 Daniel Pennac, *L'evasione di Kamo*

127 S. Bordiglioni / M. Badocco, *Dal diario di una bambina troppo occupata*

128 Erwin Moser, *Minuscolo*

130 Susie Morgenstern, *Prima media!*

141 Stefano Bordiglioni, *Scuolaforesta*

142 G. Quarzo / A. Vivarelli, *Amico di un altro pianeta*

146 Mario Rigoni Stern, *Il sergente nella neve*

147 Christine Nöstlinger, *La famiglia cercaguai*

148 Daniel Pennac, *Io e Kamo*

150 Oscar Wilde, *Il fantasma di Canterville*

156 Isaac Bashevis Singer, *Una notte di Hanukkah*

157 *Storie per tutte le stagioni*

158 Roberto Piumini, *Giulietta e Romeo*

159 Stefano Bordiglioni, *Scherzi. Istruzioni per l'uso - 52 modi per cacciarsi nei guai*

161 Daniel Pennac, *Kamo - L'idea del secolo*

162 Erwin Moser, *Manuel e Didi - Avventure di primavera*

163 Roberto Piumini, *Tutta una scivolanda*

164 Rudyard Kipling, *Rikki-tikki-tavi*

166 Roberto Piumini, *Tre sorrisi per Paride*

170 Stefano Bordiglioni, *Guerra alla Grande Melanzana*

172 Angela Nanetti, *Angeli*

173 Erwin Moser, *Manuel e Didi - Avventure d'autunno*

174 L. Gandini / R. Piumini, *Fiabe del Lazio*

176 Sabina Colloredo, *Un'estate senza estate*

177 Luciano Comida, *Michele Crismani vola a Bitritto*

180 Hans M. Enzensberger, *Il mago dei numeri*

181 Louis Pergaud, *La guerra dei bottoni*

183 S. Bordiglioni / R. Aglietti, *Teseo e il mostro del labirinto*

188 Erwin Moser, *Manuel e Didi - Avventure d'estate*

190 Beatrice Masini, *Olga in punta di piedi*

192 Daniel De Foe, *Robinson Crusoe*

197 Bianca Pitzorno, *Extraterrestre alla pari*

198 Guido Quarzo, *Il viaggio dell'Orca Zoppa*

200 Sigrid Heuck, *Storie sotto il melo*

204 Oscar Wilde, *Il figlio delle stelle*

205 Luciano Malmusi, *Triceratopino nella valle dei dinosauri*

207 Angela Nanetti, *L'uomo che coltivava le comete*

208 Anne Fine, *Io e il mio amico*

209 Oscar Wilde, *Il Gigante egoista*

210 Roberto Piumini, *C'era una volta, ascolta*

211 Lev Tolstoj, *Filipok*

212 Edgar Allan Poe, *Il gatto nero e altri racconti*

213 Angela Nanetti, *P come prima (media) - G come Giorgina (Pozzi)*

217 Edgar Allan Poe, *Lo scarabeo d'oro*

218 Angela Nanetti, *Gli occhi del mare*

220 Bernard Clavel, *Storie di cani*

222 Mark Twain, *Le avventure di Tom Sawyer*

223 Angela Nanetti, *Veronica, ovvero «i gatti sono talmente imprebedibili»*

224 Gudrun Pausewang, *Basilio, vampiro vegetariano*

225 Nikolaj Gogol, *Il naso*

226 *Storie di fantasmi*

227 Nicoletta Costa, *Dove vai, nuvola Olga?*

228 Beatrice Masini, *Signore e signorine - Corale greca*

229 Sabina Colloredo, *Un'ereditiera ribelle - Vita e avventure di Peggy Guggenheim*

230 Roberto Piumini, *Mi leggi un'altra storia?*

231 *Belle, astute e coraggiose - Otto storie di eroine*, testi di Véronique Beerli

232 Stefano Bordiglioni, *La macchina Par-Pen*

233 Oscar Wilde, *Il Principe Felice*

235 Mario Rigoni Stern, *Compagno orsetto*

237 Stefano Bordiglioni, *Un problema è un bel problema*

238 Johanna Marin Coles e Lydia Marin Ross, *L'alfabeto della saggezza - 21 racconti da tutto il mondo*

239 L. Gandini / R. Piumini, *Fiabe piemontesi*

240 Agostino Traini, *Fantastica mucca Moka!*

242 Sabina Colloredo, *Un amore oltre l'orizzonte - Vita e viaggi di Margaret Mead*

243 Johanna Marin Coles e Lydia Marin Ross, *Storie dal cuore del mondo - cristiane, ebraiche, musulmane, buddiste, induiste*

244 Stefano Bordiglioni, *Il Capitano e la sua nave - Diario di bordo di una quarta elementare*

245 Christine Nöstlinger, *Lilli Superstar*

246 Donatella Bindi Mondaini, *Il coraggio di Artemisia - Pittrice leggendaria*

247 Roberto Piumini, *Le tre pentole di Anghiari*

248 Jack London, *Il richiamo della foresta*

249 Roberto Piumini, *Tre fiabe d'amore*

250 *La danza è la mia vita*

251 Stefano Bordiglioni, *I fantasmi del castello*

252 Beatrice Masini, *A pescare pensieri*

253 Geraldine McCaughrean, *Storie d'amore e d'amicizia*

254 Stefano Bordiglioni, *La congiura dei Cappuccetti*

255 Sabina Colloredo, *Non chiamarmi strega*

256 Roberto Piumini, *Il circo di Zeus - Storie di mitologia greca*

257 Luciano Comida, *Non fare il furbo, Michele Crismani*

258 *Storie di streghe, lupi e dragolupi*

259 Erwin Moser, *La barca dei sogni - Storie della buonanotte*

260 Ingo Siegner, *Nocedicocco - Draghetto sputafuoco*

261 Roberto Piumini, *Storie per chi le vuole*

262 Ingo Siegner, *Nocedicocco va a scuola*

263 *L'amore, la vendetta e la magia - dalle opere di William Shakespeare*, testi di Andrew Matthews

264 Saviour Pirotta, *Ai piedi dell'Olimpo - Miti greci*

265 Geraldine McCaughrean, *Il lago dei cigni e altre storie dai balletti*

266 E.T.A. Hoffmann, *Schiaccianoci e il Re dei Topi*

267 Françoise Bobe, *Un gatto tira l'altro*

268 Mino Milani, *Un angelo, probabilmente*

269 Sabina Colloredo, *I giorni dell'amore, i giorni dell'odio - Cleopatra, regina a diciott'anni*

270 Rolande Causse e Nane Vézinet, *Storie di cavalli*

271 Silvia Roncaglia e Sebastiano Ruiz Mignone, *Vacanze in Costa Poco*

272 Irène Colas, *Guida per aspiranti principesse*

273 Roberto Piumini, *Storie in un fiato*

274 Kenneth Grahame, *Il vento nei salici*

275 Gianni Rodari, *Gip nel televisore e altre storie in orbita*

276 L. Gandini / R. Piumini, *Fiabe dell'Emilia Romagna*

277 Tony Bradman, *Spade, maghi e supereroi*

278 Stefano Bordiglioni, *Polvere di stelle*

279 Beatrice Masini, *La bambina di burro e altre storie di bambini strani*

280 Anna Russo, *Pao alla conquista del mondo*

281 Stefano Bordiglioni, *Un attimo prima di dormire*

282 Chiara Carminati, *Banana Trip*

283 Irène Colas, *Guida per aspiranti streghe*

284 *Storie di maghi e di magie*, testi di Fiona Waters

285 L. Gandini / R. Piumini, *Fiabe d'Italia*

286 Ingo Siegner, *Nocedicocco e il grande mago*

287 Vivian Lamarque, *Poesie di ghiaccio*

289 Vanna Cercenà, *La Rosa Rossa - Il sogno di Rosa Luxemburg*

290 Vanna Cercenà, *La più bella del reame - Sissi, imperatrice d'Austria*

291 Beatrice Masini, *La notte della cometa sbagliata*

292 Vanna Cercenà, *Viaggio verso il sereno*

293 Sebastiano Ruiz Mignone, *Sherloco e il mistero dei tacchini scomparsi*

294 Geraldine McCaughrean, *Sotto il segno di Giove - Miti romani*

295 Bernard Chèze, *C'era una volta il cavallo*

296 L. Gandini / R. Piumini, *Fiabe campane*

297 Lewis Carroll, *Alice nel paese delle meraviglie*

298 Ingo Siegner, *Nocedicocco e il Cavaliere Nero*

299 Julia Donaldson, *I giganti e i Jones*

300 Alexandra Moss, *I diari della Royal Ballet School - Il sogno di Ellie*

301 Alexandra Moss, *I diari della Royal Ballet School - Il coraggio di Lara*

302 *Un anno di saggezza - 12 racconti da tutto il mondo*, a cura di Michel Piquemal

303 Jacques Cassabois, *Sette storie di troll*

304 Angela Nanetti, *Azzurrina*

305 Stefano Bordiglioni, *I pirati del galeone giallo*

306 Erminia Dell'Oro, *La Principessa sul cammello*

307 Angela Nanetti, *Venti... e una storia*

308 Sebastiano Ruiz Mignone, *Pelú, il goleador*

309 Benoît Reiss, *Il mondo prima del mondo - Miti delle origini*

310 *Occhio di serpe, lingua di fuoco - Storie di mostri e draghi*

311 Roberto Barbero, *L'orco che non mangiava i bambini*

312 Stefano Bordiglioni, *Voglio i miei mostri!*

313 Geraldine McCaughrean, *Grandi amori sull'Olimpo - Storie degli dei greci*

314 Geraldine McCaughrean, *Cenerentola e altre storie dai balletti*

315 Victor Rambaldi, *Zorra la volpe*

316 Stefano Bordiglioni, *Storie per te*

317 Roberto Piumini, *Storie d'amore*

318 Ingo Siegner, *Nocedicocco e il pirata*

319 Beatrice Masini, *Un papà racconta*

320 Francesca Ruggiu Traversi, *Il mistero del Gatto d'Oro*

321 *Terra gentile aria azzurrina - Poesia italiana*,
     a cura di Daniela Marcheschi

322 Roberto Piumini, *Mille cavalli*

323 Sebastiano Ruiz Mignone, *L'isola del faro*

324 Vanna Cercenà, *Frida Kahlo*

325 Vivian Lamarque, *Storie di animali per bambini senza animali*

326 Alexandra Moss, *I diari della Royal Ballet School - La perfezione di Isabelle*

327 Alexandra Moss, *I diari della Royal Ballet School - Il talento di Sophie*

328 Gareth P. Jones, *Agenzia investigativa* Il Drago - *Il caso dei gatti scomparsi*

329 Josette Gontier, *Meravigliosi racconti di Natale*

330 June Crebbin, *Cavalli*

331 Tsruya Lahav, *Gli zoccoli di André*

332 Jacques Cassabois, *Dodici storie di principesse*

333 Victor Rambaldi, *Artúff l'intraterrestre*

334 Maria Vago, *Dai, racconta, pirata Domingo!*

335 Beatrice Masini, *Che fata che sei*

336 Stefano Bordiglioni, *Una storia in ogni cosa*

337 Ingo Siegner, *Nocedicocco vola alla festa*

338 Sebastiano Ruiz Mignone, *Il drago rapito*

339 L. Gandini / R. Piumini, *Fiabe da tutta Italia*

340 Neal Layton, *La Scuola dei mammut - Pericolo umani!*

341 Neal Layton, *La Scuola dei mammut - Una festa coi fiocchi*

342 Stefano Bordiglioni, *Il mistero del cioccolatino al curry*

343 Alexandra Moss, *I diari della Royal Ballet School - Il segreto di Kate*

344 Alexandra Moss, *I diari della Royal Ballet School - La prova di Grace*

345 Renzo Di Renzo, *Nero*

346 Lauren Brooke, *Heartland - Ritorno a casa*

347 Lauren Brooke, *Heartland - Dopo la tempesta*

348 Roberto Piumini, *Diario di La*

349 Vivian Lamarque, *Mettete subito in disordine! - Storielle al contrario*

350 Sabina Colloredo, *Isadora Duncan*

351 Sebastiano Ruiz Mignone, *Sherloco e il mistero del maiale scomparso*

352 Stefano Bordiglioni, *Storie col motore*

353 Alexandra Moss, *I diari della Royal Ballet School - La nuova arrivata*

354 *Mille anni di storie per ridere*, a cura di Anne Jonas

355 Gareth P. Jones, *Agenzia investigativa* Il Drago - *Il caso del professore ribelle*

356 Sabina Colloredo, *Storie vere di animali*

357 Jack London, *Zanna Bianca*

358 L. Gandini / R. Piumini, *Mille fiabe d'Italia*

Finito di stampare nel mese di agosto 2008
per conto delle **Edizioni EL**
presso LEGO S.p.A., Vicenza